음흐리지 않는 마음의 장래

나는 해 옹항

나는 왜 항상
당하기만 하는 걸까

감성대디(성현규) 지음

차례

프롤로그 ·· 8

1 장

일상생활 속에서의 무례함을 현명하게 제압하는 자세

당신은 어떤 사람인가요? ································ 13

과연 당신은 몇 가지나 해당되나요? ······················ 16

당신의 태도가 바뀌어야 상대방의 태도도 바뀝니다 ·········· 20

무례한 사람들을 한 방에 제압하는 법 ···················· 22

공공장소에서 마주치는 불쾌한 사람들은 자연재해와 같습니다 ··· 26

누군가가 당신을 공격하는 3가지 이유 ···················· 29

군중 심리의 무서움 ································· 34

나는 누구에게나 좋은 인간일 필요가 없다 ·················· 38

사람은 속을 파악할 수 없는 상대에게 두려움을 느낀다 ········ 42

2 장

타인에게 만만하게 보이는 근본적인 원인과 현실적인 해결법

45 ……………………………… 왜 사람들은 나를 만만하게 보고 함부로 대할까?

51 ……………………………… 우리가 누군가에게 무시당하는 이유 3가지

57 ……………………… 의도적으로 상대를 깎아내리며 공격하는 사람 대처법

63 ……………………………… 절대 감정적으로 동요하지 말아야 하는 이유

69 ⋯⋯ 부당한 말싸움에서 내가 원하는 방향으로 상황을 이끌어가는 실전 스킬

80 ……………………………… 기싸움 거는 사람들을 역으로 제압하는 방법

90 ……………………………… 가장 무서운 사람은 아쉬울 게 없는 사람이다

96 ………………………………………… 나를 이유 없이 싫어하는 사람 대처법

3장

피할 수 없는 직장 내 인간관계 대처법

105 ············ 피할 수 없는 직장 내 인간관계 스트레스, 어떻게 해야 할까요?

113 ·················· 직장에서 최대한 스트레스를 덜 받는 2가지 방법

120 ·················· 직장상사에게 무시당하지 않는 각 상황별 실전 대처법

122 ·················· 직장에서 공격당하는 3가지 상황 대처법

133 ························· 직장 텃세의 실체와 대처법

142 ·················· 직장에서 무시당하기 딱 좋은 행동 3가지

154 ·················· 무례한 직장동료나 후임들 대하는 법

169 ·················· 직장에서 센스 있게 거절 잘하는 방법

179 ·················· BONUS 연애할 때 호구 당하지 않는 방법

4장

 왜 나는 항상 당하고만 사는 걸까?

그 시작은 가족이었을 수도 있다 ································· 191

자녀는 부모로부터 정신적 독립이 필요하다 ······················ 194

가족이라 해서 무조건적인 이해와 사랑의 대상이 될 수는 없습니다 ········ 197

무례한 가족 구성원을 현명하게 대처하는 법 ····················· 200

부모님에 대한 환상을 버리세요 ······························· 205

부모님들이 흔히 하는 착각 ································· 208

친구를 사귀는 데 어려움을 겪고 있다면 반드시 기억해야 할 2가지 ·········· 216

반드시 손절해야 할 친구의 2가지 유형 ························· 225

친구 사이에 보이지 않는 위계 질서, 무례한 친구 상대하는 법 ·············· 232

에필로그 ·· 242
<제일 중요한 건, 내가 나 자신을 대하는 태도입니다>

프롤로그

독자 여러분 반갑습니다. 유튜브 채널 '감성대디'를 운영하고 있는 성현규라고 합니다. 이렇게 책으로 다시 인사를 드리게 되어 영광입니다.

생각해보면, 저는 어렸을 때부터 굉장히 독특한 아이였습니다. 학교 선생님이라는 이유로, 학교 선배라는 이유로, 아르바이트 가게 사장이라는 이유로, 형이라는 이유로, 누나라는 이유로 저에게 함부로 대하고 하대하고 인격적으로 모독을 하는 사람들만 보면 너무 화가 나서 반항을 했고, 왜 그들이 그런 행동을 하는지 하나도 이해가 되지 않았습니다. 그리고 학교 친구들 사이에서도, 자기가 덩치가 크고, 힘이 세다는 이유로 힘 없고 약한 친구들을 괴롭히고 때리거나 못살게 구는 애들만 보면 너무 화가 나서 대신 싸우곤 했습니다.

그러면서 무기력하게 당하는 친구들이, 어떻게 하면 저런 나쁜 애들에게 당하지 않게 할 수 있을까?라는 고민을 끊임 없이 했고, 당하는 친구들에게 항상 '다음부터 저놈이 이렇게 나오면 너는 이렇게 행동해!' 라며 도움을 주려 했던 기억이 납니다.

그런 제 기질은 커서 대학생이 돼서도, 그리고 군대를 가서도, 사회생활을 하다 미국으로 이민을 가고 나서도, 한국으로 돌아와서 여러 가지 일들을 하면서도 바뀌지 않았습니다. 저는 항상, 부당한 처사로 다른 사람을 부당하게 찍어 누르려는 사람들만 보면 도저히 그냥 넘어갈 수가 없었습니다. 그리고 부당하게 당하는 사람들만 보면 어떻게든 당하지 않게 도와주고 싶었습니다. 물론 직장에서 일을 제대로 하지 못해서, 혹은 살면서 누군가에게 실수를 해서 본의 아니게 피해를 주는 바람에 누군가가 나를 비난하고 공격할 수는 있습니다.

하지만 나에게 정당하게 항의하는 것과 나를 부당하게 찍어 누르기 위해 하대하고 무시하는 행위는 전혀 다른 문제입니다.

비록 각자의 위치에 따른 역할의 차이는 있지만 기본적으로 '사람 위에 사람 없고, 사람 밑에 사람 없다'가 당연한 이치임에도, 사람들은 자기의 위치가 조금만 높다고 생각이 들면, 자기가 우월한 존재라는 착각에 빠져 다른 이들을 인격적으로 모독하고 무시하고 찍어 누르려 하는 경향이 많습니다. 그리고 저는, 그러한 인간관계에 대해서 너무나 관심이 많았고, 함부로 타인을 무시하고 공격하는 인간들의 패턴을 익히다 보니, 나름대로 인간관계에 대한 철학이 생겼습니다. 그러한 모든 이야기를 유튜브 채널에서 하나씩 다루고, 저만의 인간관계 노하우를 말씀드렸더니, 생각지도 못하게 정말로 많은 구독자분께서 공감을 해주셨고 큰 도움이 되었다라고 말씀을 해주셨습니다. 그리고 실제로 많은 분이 제 영상을 토대로 행동을 바꾸었더니, 정말 놀랍게도 자기를 대하는 사람들의 태도가 바뀌었다고 해요. 그렇게 셀 수 없이 많은 실제 사례를 전달받으며 정말 행복하고 보람찬 감정을 느낄 수 있었습니다.

책 〈나는 왜 항상 당하기만 하는 걸까〉에서는, 제가 그동안 살면서 겪고 실제로 효과를 봤었던 이야기들, 그리고 유튜브 채널을 운영하면서, 많은 사람의 고민을 상담하며 발견되었던 공통된 이야기처럼, 살면서 누구나 겪을 수 있는 인간관계 고민에 대한 해결 노하우들을 하나하나 정성스럽게 담아보고자 했습니다. 이 책을 통해, '나는 왜 항상 당하기만 하는 걸까?'라는 고민을 가지고 있는 분들이 '이제는 더 이상 누구를 만나더라도 절대로 당하지 않는 존재'로 바뀔 수 있기를 진심으로 바랍니다.

저는 남들과 싸우는 것도 무서워하는 소심한 사람인데
저 같은 사람도 바뀔 수 있을까요?

유튜브를 하면서 가장 많이 듣는 질문입니다. 저의 대답은 언제나 '물론입니다!'고요. 제가 책에서 말씀드리는 방법들은, 상대방과 싸우지 않고도, 언성을 높이지 않고도, 그 사람과 관계가 멀어지지 않고도 얼마든지 자신을 지키면서 당당하게 존재감을 드러낼 수 있는 방법들입니다. 지금부터 한 장 한 장, 제 이야기를 들으시고 하나씩 실천해 보세요. 그렇게 삶에 적용하며 책장을 넘기다보면, 여러분은 본인도 모르는 새 놀랍게 바뀌어 있을 겁니다.

– 감성대디 올림

1장

일상생활 속에서의 무례함을 현명하게 제압하는 자세

당신은 어떤 사람인가요?

여러분은 실제로 어떤 사람인가요? 유명한 영국의 작가 윌리엄 해즐릿은 이런 이야기를 했습니다.

'자기 자신을 싸구려 취급하는 사람은 타인에게도 역시 싸구려 취급을 받을 것이다.'

여러분은 이 문장을 보고 나서 어떤 생각이 드셨나요? 저는 이 한 문장만 이해해도 모든 불합리한 인간관계의 기본적인 틀을 이해할 수 있다고 생각합니다. 여러분들의 인생을 돌이켜 보세요. 분명히 이런 사람들이 주변에 있었을 겁니다. 여러분은 그저 착한 마음, 좋은 마음으로 그 사람과 좋은 관계를 유지하기 위해 노력했겠지만, 돌아오는 건 그 착한 마음을 역이용해서 나를 속이려고 하고, 자기의 이익을 위해서 이용하기만 하며, 정신적으로 육체적으로 에너지를 빼앗고 무기력하게 만드는 그런 인간들.. 제가 지금 이 정도로만 이야기를 해도 바로 머릿속에 떠오르는 사람들이 분명히 있을 겁니다. 속된 말로 '후려치기'라고도 하죠. 이는 상품의 가격을 터무니 없이 깎는다는 뜻인데, 관계에서는, 자기가 그 사람을 위에서 찍어누르고, 우위를 점하고자 상대를 깎아내리려 하는 행동을 말합니다.

이렇게 상대방이, 여러분이 잘못한 것도 없는데 부당하게 후려치기를 할 때 여러분은 어떻게 반응하시나요?

화가 나고 분하겠지만, 그냥 그런 마음조차 밖으로 드러내는 게 무서워서 참는 부류인가요? 아니면, 그런 부당함에 대해 당당하게 따지고 대항하는 부류인가요?

알기 쉽게 몇 가지 예를 들어보겠습니다. 여러분의 남자친구나 혹은 여자친구가

'야! 나니까 너랑 만나주는 거야. 고마운 줄 알아!'

'야, 누가 너를 좋아하겠냐?'

'네가 그럴만한 가치가 있는줄 알아?'

라는 말을 심심치 않게 한다고 생각해봅시다.

그리고 여러분의 부모님이 여러분에게 이런 말을 스스럼 없이 한다고 가정해봅시다.

'야, 너는 아빠가 없으면 아무것도 아닌 존재야.'

'야, 너가 독립을 한다고? 니까짓게?'

'너가 엄마의 도움 없이 혼자 잘 살 수 있을 거 같아?'

방금 예를 들었던 두 가지 사례에서 두 가지의 공통점을 발견할 수가 있습니다.

첫 번째는 계속 상대방에게 이러한 암시를 반복해서 자신에게 의존하게 만드는 것.

두 번째는 상대방을 습관적으로 '후려치기'한다는 것.

이는 심리학적인 용어로 가스라이팅이라고도 합니다. 이렇게 상대방을 가스라이팅 혹은 후려치기를 하는 이유는 뭘까요? 바로, 피해자가 스스로를 믿지 못하고 의심하게 만들어, 가해자에게 심리적으로 의존하게 만들려고 하는 겁니다.

여기에서 한 가지만 물어볼게요. 여러분들을 후려치기하는 그 인간은 과연, 모든 사람에게 그렇게 못되게 굴까요? 천만의 말씀입니다. 세상의 그 어떤 사람도 모든 사람에게 한결같이 무례하지는 않습니다. 이런 사람들은 후려치기를 해도 되는 그런 약한 존재만 골라서 찾아다니면서 공격하거든요. 그렇다면, 나에게만 유독 공격적인 그 사람에게 대처할 수 있는 방법은 무엇이 있을까요? 그리고, 어떻게 하면 그런 공격을 멈출 수 있을까요? 제가 나중에도 또 한 번 자세히 설명하겠지만, 여러분이 항상 후려치기를 당하는 가장 큰 원인은, 그 인간이 여러분들을 '공격해도 되는 우스운 존재'로 간주하기 때문입니다.

과연 당신은 몇가지나 해당되나요?

과연 여러분들이 상대방에게, 언제든 공격해도 되는 우스운 사람으로 보이고 있는지에 대한 간단한 테스트를 먼저 해보겠습니다. 이 중에서 과연 여러분들은 몇 가지나 해당되는지 보시기 바랍니다.

1. 잘못한 것도 없는데 사과를 지나치게 많이 한다.
2. 매사에 말끝을 흐리고 우물쭈물 작게 말한다.
3. 지나치게 상대방의 비위를 맞춰주는 편이다.
4. 자기의 생각과 의견을 입 밖으로 꺼내는 것을 어려워하고 심지어 두려워하는 편이다.
5. 부당한 일을 당해도 그냥 웃음으로 무마하는 편이다.

이 다섯 가지 중에서 세 가지 이상이 해당된다면 안타깝지만, 상대방에게 우습게 보이고 공격당하고 있을 가능성이 크다고 보시면 됩니다.

"어떡하죠? 전 모두 다 해당되는데...
지금 와서 제 무시당하기 쉬운 이미지를 되돌리기에는
너무 늦은 거 아닐까요?"

절대 늦지 않았습니다. 지금부터 책장을 넘기며 당장 여러분
들의 행동을 조금씩만 바꾸기 시작해도, 여러분들은 쉽게 대해도
되는 우스운 존재에서, 함부로 범접하기 어려운 존재로 얼마든지
바뀌실 수 있습니다 제가 뒤에서도 계속 이야기하고, 강조하겠지
만 여기서 가장 효과적인 방법을 딱 한 가지만 말씀드릴게요.

'평소에 말수를 줄여서 속으로 무슨 생각을 하는지 알 수 없는 사람이 되는 것'

사람이 사람을 볼 때 그 속마음을 알 수 없다는 것만큼 위압감을 주는 행위는 없죠.

간단하게 예를 한번 들어보겠습니다. 저는 중학교 2학년 때 피자가게에서 처음으로 아르바이트를 해봤습니다. 그땐 저 혼자 중학생이었고, 나머지는 전부 고등학생 아니면 대학생 형들이었어요. 제가 너무 어려서 그런지는 몰라도, 거기에서 일하는 형들에게 지속적으로 괴롭힘을 당했습니다. 저한테만 말도 안되는 일로 화를 내고, 자기들이 해야 할 일을 마구 떠넘겼죠. 또 자기들이 점장한테 혼나거나, 진상손님을 만나서 기분이 안 좋을 때는 무턱대고 저한테만 난리를 치고 화를 내고는 했는데, 전 그때 다들 형들이고, 워낙 제가 어리고 막내니까 항상 웃으면서 참았습니다.

하지만 계속 그런 일이 반복이 되다 보니까 나중에는 성질이 나더군요. 그래서 '한 번만 더 건드리면 진짜 한번 폭발한 다음에 일을 관둬버려야지!'라는 마음을 먹었고, 그 후로 가게에 나갈 때마다 말수를 줄여버리고 무덤덤한 표정으로 묵묵하게 일만 했습니다. 저에게 사적인 농담이나 장난을 쳐도 별다른 반응도 보이지 않았고, 예전처럼 형들 앞에서 막 까불거나 우스꽝스러운 행동들을 아예 하지도 않고 무표정하게 일만 했습니다. 그러니 신기하게도 그날부터 거칠었던 형들의 태도가 조금씩 바뀌는 게 느껴졌어요. 갑자기 뭔가 분위기가 변해버린 저를 굉장히 경계하는 듯 하면서 반대로 그전에 한 번도 볼 수 없었던 미소까지 지으며 말을 걸더라고요. 한마디로 제 눈치를 보기 시작한 것입니다.

'야..현규야..너 무슨일 있어?'

'현규야, 너 요즘 왜 그래? 기분이 안좋아?'

여기에서 대답을 '아 ~네!' '아! 아니에요'라며 될 수 있으면 빨리 대화를 끝내려는 태도로 답하고 여전히 무표정하게 일만 열심히 했죠.

그렇게 일주일이 지나고 2주일이 지나니까 정말 거짓말처럼 저를 대하는 태도가 바뀌는 걸 뛰어 넘어, 함부로 대하고 말을 거는 태도가 아예 없어져 버렸습니다. 당시에는 '어라? 이게 뭐지?' '왜 나를 대하는 태도가 180도 바뀐거지?'라는 생각에 신기하기도, 이상하기도 했죠.

당신의 태도가 바뀌어야
상대방의 태도도 바뀝니다

지금 극히 일부인 제 경험의 예를 들었지만, 이렇게
여러분의 태도가 바뀌면 상대방의 태도도 바뀌게 됩니다.
그리고 여러분의 태도가 드라마틱하게 바뀌면 상대방의 태도
또한 드라마틱하게 바뀌게 됩니다.

이건 제가 45년을 살아오며, 또 다양한 사람들을 겪어오면서
결론 내린 인간관계의 기본 진리입니다. 그리고 기본적인 방법
을 토대로 자신의 상황에 맞는 대응을 골라서 상대방의 공격을
멈추게 해야만 하고요.
그래서 이 책을 통해 이런 방법들을 조금 더 깊이 다루며,
세분화시킬 필요가 있다는 생각이 들었습니다. 아래는 사람이
태어나면서 죽을 때까지 반드시 겪을 수밖에 없는 인간관계들
입니다.

일상 속에서 겪는 기본적인 인간관계
직장과 사회생활에서의 인간관계

연인, 가족, 친구간의 인간관계
스스로와의 인간관계

책장을 넘기면서 천천히, 재미있고 쉽게 여러분들의 태도를 바꿔보길 바랍니다. 거창한 기술이나 말주변은 필요하지 않아요. 제일 중요한 건 바로 스스로를 바꾸는 것입니다. 지금 여러분이 어떤 사람인지 정확히 파악하고 그 정확한 파악을 통해서 스스로를 조금씩 바꿔봤으면 좋겠습니다. 이 책의 내용을 읽고 여러분들의 삶에 조금씩 적용시키며, 여러분들의 태도가 바뀌게 된다면 주변 사람들이 여러분들을 대하는 태도 또한 드라마틱하게 바뀔 것입니다.

그럼, 본격적으로 이야기를 시작해볼까요?

무례한 사람들을 한 방에 제압하는 법

딱 이 말을 들었을 때 어떤 느낌이 드시나요? 뭔가 어려워보이고, 나는 평생 하지 못할 행동이라는 생각이 드시나요? 하지만 알고 보면 정말 별거 없습니다. 걱정하지 마세요. 어렸을 때 오락실에서 게임을 해보신 분들이라면 공감하실 텐데요, 처음에는 매번 깨지고 지고 하다가도 나중에 시간이 지나다 보면 자연스럽게 상대방의 약점도 알게 되고, 무너뜨릴 수 있는 공략법도 스스로 깨우치게 됩니다. 그렇게 점점 실력이 늘어 결국, 게임의 엔딩까지 무난하게 보게 되죠. 이것도 게임과 같습니다.

본격적으로 이야기를 하기에 앞서서 독자분들에게 꼭 드리고 싶은 이야기가 있는데요. 인생을 살다 보면 정말 별의별 무례한 인간들이 어디에나 있기 마련입니다. 길거리를 지나가든, 식당이든, 운전할 때든 그러한 무례하고 공격적인 인간들은 어디에나 있으며, 그런 사람들을 만나는 일은 누구에게나 다 일어날 수 있다는 사실을 꼭 알고 계셨으면 좋겠습니다.

"아닌데요? 덩치 크고 무섭게 생긴 사람들에게는
그런 일이 안 생기고 저처럼 덩치도 작고 약해 보이는
사람들에게만 그렇게 무례하게 하던데요?"

물론 이 말도 틀린 말은 아닙니다. 사람은 단순하고 본능적
인 존재라, 나보다 강해보이고 피지컬적으로 좋아보이면, 조금
조심하게 되고 눈치를 보게 되죠. 하지만 그건 스쳐 지나가는 인
연들에게만 해당되는거지, 나중에 함께하는 시간이 많아지고
그 사람에 대해서 잘 알게 되는 순간부터는 그 사람의 강해 보
이는 외모와 상관없이 무례한 공격이 들어오게 됩니다.

격투기 선수 최홍만 선수를 예로 들어보겠습니다. 그는 키가 2미터가 훌쩍 넘는 압도적인 피지컬로, 세계적인 격투기 강자들을 힘만으로 제압했던 인물이죠. 그런데 얼마 전 한 방송에 출연한 최홍만 선수는 눈물을 흘리며 이렇게 말했습니다.

"사람들 때문에 너무 힘들어요. 거의 은둔하듯 지내고 있어요."

그의 이야기는 안타까웠습니다. 얼굴이 알려지고 유명해지면서 그의 섬세하고 착한 성격이 알려지자, 공공장소에서 사람들은 그를 툭툭 건드리거나 시비를 걸었고, 심지어 허위 신고로 폭행 누명을 씌우기도 했습니다. 이러한 무례하고 공격적인 행동들로 인해 그는 큰 상처를 받았고, 대인기피증까지 겪으며 인간관계에서 어려움을 겪게 되었다고 합니다.

이 사례에서 볼 수 있듯, 무례한 사람들은 상대방의 덩치나 외모에 관계 없이 '일관되게' 무례하다는 사실입니다. 그러니 만약 무례한 일을 겪으셨다면, 결코 스스로의 문제가 아닌 상대방의 문제라는 사실을 명확하게 인지하셨으면 좋겠습니다.

하지만 만약 자존감이 낮거나 열등감이 있을 때 이런 상황을 겪으면, 이를 부풀려 확대해석하며 "나를 무시하는 건가?" "내가 만만하게 보이나?"라는 생각에 빠질 수 있습니다. 그러다 보면 감정이 상해 싸움을 걸거나, 혼자 괴로워하며 마음속으로 울게 되는 경우도 생기죠. 하지만 이런 감정 에너지 낭비는 절대로 하지 않아야 합니다.

사람이 하루 동안 열심히 자신의 일에 몰두하고 운동이나 자기계발을 하며 사람들과 관계를 맺을 때 사용할 수 있는 에너지의 총량이 100이라고 가정해 봅시다. 그런데 아침에 운전하다가 쓸데없이 클락션을 울리고 욕을 한, 얼굴도 모르는 사람 때문에 흥분하고 열을 내면, 귀중한 에너지 중 30~40을 허비하게 됩니다. 이것이 끝이 아니라, 하루 종일 그 일에 사로잡혀 있다 보면 에너지의 80%까지 소진되어 아무것도 하지 못할 수도 있습니다. 결국, 손해를 보는 것은 오롯이 나 자신입니다.

공공 장소에서 마주치는 불쾌한
사람들은 자연재해와 같습니다

　예를 들어, 길을 걷다가 갑자기 소나기가 쏟아져 옷이 다 젖는 상황을 떠올려 봅시다. 그런 일이 생긴다고 하늘을 향해 욕하거나 싸우려 들겠습니까? 대부분은 옷을 닦으며 "오늘 재수가 없네." 하고 웃어넘기며 옷을 갈아입으면 끝이겠죠.

　이처럼 스쳐 지나가는 무례함 역시, 누구에게나 무작위로 닥칠 수 있는 자연재해처럼 받아들이려는 노력이 필요합니다. 굳이 대응할 필요도, 대꾸할 가치도 없는 일입니다. 그런 사람들 때문에 여러분의 소중한 시간과 에너지를 낭비하지 않았으면 좋겠습니다.

　저도 마찬가지입니다. 많은 구독자분들은 제가 머리를 삭발하고 수염을 기른 모습에, 덩치도 크고 다소 무섭게 생겼다고 생각해 저에게는 그런 무례한 일이 없을 거라 짐작하시겠지만, 그건 오해입니다. 저 역시 길을 걷다 어깨빵을 당하거나, 노골적으로 쳐다보는 사람들을 만나고, 뒤에서 담배를 피우며 연기를 제 얼굴로 보내는 상황도 겪습니다. 고속도로 휴게소에서는 제 순서를 무시하고 끼어드는 사람들도 있고요. 심지어 공공기관이나 가게에서 불친절한 태도를 보이는 사람들도 많습니다.

그런 일을 겪을 때마다 저는 속으로 "뭐야, 왜 이렇게 불친절해? 기분 나쁘네." 하고 화내는 대신, 이렇게 생각합니다.

"저 사람은 오늘 기분이 안 좋나 보다."

"아, 원래 성격이 좀 그런가 보네."

그렇게 웃으며 넘기고 맙니다. 스쳐 지나가는 인연에게 에너지를 낭비하거나 정신을 지배당하는 건 오롯이 제 손해이기 때문이죠. 그런 상황은 단지 내가 그 자리에 있었기 때문에 생긴 일일 뿐입니다. 그 사람이 나를 특정해서 무시하거나 "이 사람은 만만하니 내가 업신여겨야겠다."고 마음먹고 행동한 것이 아니라는 사실을 이해하셨으면 좋겠습니다.

이 책에서 말하고자 하는 것은 스쳐 지나가는 무례함에 대한 대응법이 아닙니다. 바로, 일상 속에서 여러분을 알고 있는 사람들이 여러분에게 행하는 무례함입니다. 학교, 직장, 동호회, 동창 모임 등 여러분이 밀접하게 관계를 맺고 있는 모든 인간관계가 대상이죠.

이 이야기를 책의 맨 처음에 다루는 이유는 이 주제가 가장 기본적이고 중요하며, 앞으로 전개될 모든 이야기의 핵심을 아우르는 본질이기 때문입니다. 책을 읽으며 첫 번째 이야기를 염두에 두신다면 이후 내용을 이해하기 훨씬 더 수월하실 겁니다.

혹시 여러분이 특정 집단에서 유난히 공격을 자주 받고 무례한 대우를 받는다면, 그 정확한 원인을 알아야 합니다. 원인을 인지해야만 해결 방법을 찾을 수 있기 때문입니다.

이 책에서는 누군가가 여러분을 무시하거나 무례하게 대하는 모든 상황을 쉽게 이해할 수 있도록 "공격"이라는 단어로 통일하여 설명하겠습니다. 그리고 다음 파트에서는 상대방이 여러분을 공격하는 이유를 크게 세 가지로 나누어 말씀드리겠습니다.

누군가가 당신을 공격하는 3가지 이유

1. 스스로가 원인을 제공했을 때

첫 번째 이유는 여러분 스스로가 상대방에게 공격의 빌미를 제공했을 경우입니다.

예를 들어, 직장에서 상습적으로 지각하거나 업무 태도가 불량하여 맡은 일을 제대로 하지 않는다면, 또는 친구와의 약속을 자주 어기거나 동호회에서 지나치게 이성에게 접근해 모임의 분위기를 해친다면 어떨까요? 혹은 청결을 소홀히 해 냄새를 풍긴다면요? 의도했든 의도하지 않았든 이런 행동들은 다른 사람들에게 불쾌감을 줄 수 있습니다. 그로 인해 상대방이 여러분을 향해 이렇게 말할 수 있습니다.
"왜 그렇게 행동하는 거예요?"
"왜 항상 남에게 피해를 주는 거죠?"

이 경우에는 간단한 해결책이 있습니다. 상대방에게 진심으로 사과하고, 다시는 그러지 않겠다고 다짐하면 됩니다. 만약 그로 인해 상대방이 피해를 입었다면, 책임을 지고 문제를 바로잡아야 하죠. 중요한 건 이후로 같은 행동을 반복하지 않는 것입니다. 반성하고 행동을 바꾸면, 상대방이 여러분을 공격할 이유는 더 이상 생기지 않을 것입니다.

2. 상대방이 여러분을 눈에 거슬리는 존재로 여길 때

두 번째 이유는, 상대방이 여러분을 눈에 거슬리는 존재로 인식하기 때문입니다.

여기서 중요한 점은, 여러분이 실제로 상대방에게 피해를 주거나 민폐를 끼쳤다는 의미는 아닙니다. '눈에 거슬림'이라는 감정은 매우 주관적이고 범위도 넓기 때문이죠. 세상에는 다양한 사람과 가치관이 존재합니다. 따라서, 누구나 자신과 맞지 않는 사람을 싫어하거나 불편하게 여길 수 있습니다.

예를 들어, 어떤 50대 부장이 있다고 가정해봅시다. 그는 성공을 위해 젊은 시절부터 열심히 일해 사회적으로 높은 지위와 연봉을 얻었지만, 여전히 혼자라는 사실에 콤플렉스를 느끼고 있습니다.

그런데 부서의 30대 대리는 업무 능력은 뛰어나지 않지만, 좋은 성격과 외모를 가지고 있으며 일찍 결혼해 예쁜 가정을 꾸렸습니다. 이 부장은 그 대리를 볼 때마다 자신의 결핍이 떠올라 불필요한 적대감을 느끼고 공격적으로 행동하게 됩니다.

이처럼 상대방의 기준과 가치관에 부합하지 않는다는 이유로, 혹은 질투나 열등감 때문에 공격을 당하는 일이 발생할 수 있습니다. 그 범위는 더 광범위할 수 있습니다. 정치적 성향, 출신 지역, 외모, 심지어 피부색까지도 근거 없는 이유로 눈에 거슬려 공격당하는 경우도 있죠.

예를 들어, 저 역시 유튜브 구독자 수가 40만 명이 넘다 보니 다양한 댓글을 받습니다. 그중 절반 이상은 제 외모를 비난하는 악플입니다. "왜 삭발했냐, 꼴 보기 싫다, 위화감을 준다" 같은 이야기들이죠. 저는 이를 보며 화를 내기보다는 이렇게 생각합니다.

"세상에는 다양한 사람과 관점이 존재하니까, 모두가 나를 좋아할 수는 없겠구나."

이처럼 모든 사람에게 사랑받는 것은 불가능합니다. 이런 현실을 받아들이고 나면, 불필요한 감정 소모를 줄일 수 있습니다.

3. 상대방이 여러분을 약한 존재로 인식할 때

세 번째 이유는, 상대방이 여러분을 약한 존재로 보고 공격하는 경우입니다. 사실 이는 가장 흔한 이유입니다.

앞서 말한 두 번째 이유에서 상대방이 여러분을 눈에 거슬린다고 여긴다고 해도, 단지 그 이유만으로 공격을 가하는 일은 드뭅니다. 대부분의 사람은 눈에 거슬린다는 이유만으로 행동에 나서기보다, 상대를 공격해도 자신에게 피해가 없을 것이라는 확신이 있을 때 행동합니다.

만약 여러분이 어느 집단에서 유난히 자주 공격을 받는다면, 이는 여러분이 상대방에게 '공격해도 되는 쉬운 사람'으로 인식되었기 때문일 가능성이 큽니다. 이때 중요한 건, 자신이 약한 존재로 인식되는 이유를 파악하고 이를 개선하려는 노력이 필요하다는 점입니다. 여러분의 태도와 대응 방식을 변화시키면 공격당하는 빈도를 줄일 수 있습니다.

한 가지 예를 들어보겠습니다. 제가 중학교 시절, 반에서 집단 따돌림을 당하던 친구가 있었습니다. 그 친구는 경상도에서 전학 온 아이로, 키가 180cm가 넘고 덩치도 컸으며, 성격도 모나지 않아 괴롭힘을 당할 이유가 전혀 없는 사람이었습니다.

그런데 몇몇 못된 아이들이 그 친구가 경상도 사투리를 쓴다는 이유로 말투를 따라 하며 놀리기 시작했습니다. 그 친구는 순한 성격 탓에 화도 내지 않고, 늘 웃으며 넘기기만 했습니다. 처음에는 큰 덩치와 위압감 때문에 아무도 쉽게 건드리지 못했지만, 사투리를 흉내 내며 비웃는 아이들에게 별다른 반응이 없자 상황이 달라졌습니다.

"어? 별거 아니네?" "이렇게 건드려도 아무 말 없네?"

이런 식으로 반응이 없다는 점을 확인한 뒤, 점점 더 심하게 장난을 치기 시작했습니다. 그러다 결국 도시락을 뺏고, 옷에 낙서를 하고, 심지어 목을 조르는 장난까지 치게 되었죠. 저는 그때 군중심리의 무서움을 처음으로 깨달았습니다.

군중심리의 무서움

혹시 '악의 평범성'이라는 말을 들어보신 적이 있나요? 이는 독일계 미국인 정치철학자 한나 아렌트가 1963년에 발표한 저서 《예루살렘의 아이히만》에서 제시한 개념입니다.

이 책에서 아렌트는 홀로코스트 대학살을 주관한 아이히만이 매우 사악한 악마 같은 인물일 거라고 예상했지만, 실제로는 평범하고 친절한 사람이었다는 점에 주목했습니다. 아렌트는 사람들이 악한 의도를 가지지 않더라도, 평범하고 당연하게 여기는 행동들이 엄청난 악행으로 이어질 수 있다고 경고했습니다.

이 개념처럼, 반에서 착하고 성격에 아무런 문제가 없던 아이들이 점점 더 심하게 한 친구를 괴롭히는 모습을 보며, 저는 집단 심리가 얼마나 무서운지를 깨달았습니다. 처음에는 단순한 장난이었지만, 점점 심각한 수준의 괴롭힘으로 발전했죠. 결국, 그 친구는 더 이상 학교에 나오지 못하고 전학을 가야 했습니다.

군중 심리는 다수의 행동을 따르는 것이 자신에게 이득이 된다는 어리석은 믿음에 근거합니다. 많은 사람이 모였을 때, 그 행동이 옳지 않음에도 불구하고 집단 분위기에 휩쓸려 행동을 합리화하는 것입니다.

전학 온 친구는 어떤 이상한 행동을 했거나, 다른 친구들에게 피해를 주었기 때문에 괴롭힘을 당한 것이 아닙니다. 그 이유는 단지 그가 괴롭힘을 당하기 쉬운 태도와 반응을 보였기 때문입니다.

처음 전학 왔을 때, 그 친구는 덩치와 키 때문에 아무도 쉽게 건드리지 못했습니다. 하지만 몇몇 아이들이 장난을 시작했고, 그 친구가 이에 대해 전혀 대응하지 않으면서 상황은 점점 악화되었습니다. 예를 들어, 장난을 치던 아이들이 "같이 농구하자!"라고 말하면, 그 친구는 항상 웃으며 "그래!" 하고 달려갔습니다. 그는 분위기를 좋게 만들고 친구들과 잘 지내고 싶어서 그렇게 행동했겠지만, 장난을 주도한 아이들의 눈에는 그 모습이 이렇게 비쳤을 겁니다. "어? 이렇게 덩치 큰 놈이 알고 보니 정말 약하네?" 그 결과 장난은 점점 심각한 수준으로 심화되었고, 괴롭힘의 강도도 높아졌습니다.

여러분이 어디에서든 누군가로부터 공격을 받는 상황에 처한다면, 반드시 기억해야 할 것이 있습니다. 절대로 그 사람과 잘 지내기 위해 비위를 맞추거나 눈치를 보지 마세요. 예를 들어, 괴롭힘을 당하던 그 친구가 가해자들에게 계속 웃으며 "장난치지 마~^^"라고 하는 행동은, 사실상 이렇게 말하는 것과 다름없습니다. "그래, 나 약한 존재야. 그러니까 제발 나를 내버려 둬."

이런 태도는 오히려 공격하는 사람들에게 더 큰 자신감을 심어줍니다. 그들은 이렇게 생각할 겁니다.

"어라? 약한 놈이 나한테 감히 뭐라고 해? 건방지네." 그리고 괴롭힘은 점점 심해질 것입니다.

세상에는 우리가 상식으로 이해할 수 없는 못된 사람들이 정말 많습니다. 이들을 여러분의 기준으로 판단하지 마세요. 이런 사람들은 상대를 약한 존재로 간주할수록, 더 과감하게 공격합니다. 그리고 자신들의 행동을 합리화하며 상대를 '눈에 거슬리는 존재'라고 낙인을 찍습니다. 여러분이 공격을 받는 상황에서, 단순히 무시하거나 순응하는 태도는 결코 해결책이 될 수 없습니다. 스스로를 보호하고 단호하게 대응해야만, 이런 악순환을 끊을 수 있습니다.

그렇다면, 천성이 비열하고 동물적인 본능에 충실한 사람들을 어떻게 제압할 수 있을까요?

우선 중요한 건, 그런 사람들을 나와 같은 이성적인 인간이라고 생각하며 대하지 말아야 한다는 점입니다. 그리고 가장 핵심적인 원칙은, '내가 무시당하거나 공격당해도 되는 약한 존재로 보이지 않는 것'입니다.

이것이 바로 지금부터 이야기할 책의 핵심 내용입니다. 억지로 성격을 바꿀 필요는 없습니다. 여러분의 성격과 본래 성향을 억지로 바꾸려 노력할 필요는 없습니다. 바뀌어야 할 건 단 한 가지, 바로 마음가짐입니다.

나는 누구에게나 좋은 인간일 필요가 없다

앞서 말씀드렸던 마음가짐은 아래와 같습니다.

"나는 누구에게나 좋은 인간일 필요가 없다."

우리는 보통 착하게 행동하고, 모두에게 좋은 사람이 되려는 마음을 가지곤 합니다. 하지만 이런 태도는 무례하고 못된 사람들에게 약점을 보이는 꼴이 될 수도 있습니다. 중요한 건, 상대의 태도와 행동에 따라 나의 태도를 조율할 수 있는 유연함입니다.

눈에는 눈, 이에는 이

인성과 매너를 갖춘 상대에게는 여러분도 본래의 착한 성품과 좋은 기운을 마음껏 발산하며 잘 지내면 됩니다. 하지만, 나쁜 인간이 여러분을 부당하게 공격하거나 무례하게 굴 때는 어떻게 해야 할까요? 그때는 이렇게 생각하십시오.

"나도 언제든지 나쁜 인간이 될 수 있다."

이 마음가짐은 단순히 공격적인 행동을 하라는 의미가 아닙니다. 오히려 자신을 지킬 수 있는 단단한 내면을 가지라는 뜻입니다. 나를 무시하거나 공격하는 사람들에게 절대로 순응하거나 약한 모습을 보이지 말고, 단호하게 대응할 준비를 하라는 것입니다. 세상에는 상식과 이성을 뛰어넘는 사람들도 많습니다. 그들을 상대할 때는 이성을 가진 '사람'으로 대하는 것이 아닌, 제압해야 할 상대라고 생각해야 합니다. 이 마음가짐은 여러분이 불필요한 피해를 받지 않도록 보호막이 되어 줄 것입니다.

하지만 그럼에도 불구하고 상대방이 여러분을 공격한다면 어떻게 해야 할까요? 가장 중요한 원칙은 절대로 약한 존재로 보이지 않는 것입니다. 그 첫걸음이 바로 '웃지 않는 것'입니다.

공격을 받았을 때, 절대 웃지 마세요. 공격을 받았을 때 웃는 것은 상대에게 잘못된 신호를 줄 수 있습니다. "이 사람은 약하고, 공격해도 괜찮다"는 인식을 심어주기 때문입니다.

이럴 때 가장 효과적인 방법은 표정을 돌변시키는 것입니다. 공격이 들어와 불쾌함을 느끼는 순간, 정확히 3초 동안 정색하며 상대의 눈을 똑바로 바라보세요.

1... 2... 3... 이 3초는 짧아 보이지만, 실제로는 상대의 머릿속을 혼란스럽게 하고 기선을 제압하기에 충분한 시간입니다. 예를 들어, 아까 이야기했던 괴롭힘을 당하던 친구가 처음부터 웃으며 "하지 마~^^"라고 대응하는 대신, 불쾌한 장난을 받는 순간 정색하고 3초 동안 상대를 바라봤다면, 상황은 완전히 달라졌을 것입니다.

"웃지 않고 겨우 3초만 쳐다본다는 게
얼마나 효과가 있을까요?"

　이는 생각보다 엄청난 효과가 있습니다. 정색하고 3초 동안
상대를 응시한 뒤, 낮고 느린 목소리로 이렇게 말해보세요.

　"지금 뭐라고 했지?" "방금 나한테 뭐라고 한 거야?"

　여기서 중요한 포인트는 천천히, 그리고 낮은 목소리로 말하
는 것입니다. 큰소리로 화를 내거나 빠르게 말하는 것은 오히려
감정을 드러내는 행동으로, 상대에게 나의 심리 상태를 읽힐 위
험이 있습니다. 반면, 낮고 느린 목소리는 상대에게 강한 위압감

을 줄 수 있습니다.

이 방법을 사용하면 상대의 반응은 크게 세 가지로 나뉩니다.

1. 사과하는 사람
"아, 미안. 화났어? 그런 뜻은 아니었어..."

2. 머쓱해하며 자리를 피하는 사람

3. 더 공격적으로 나오는 사람
"뭐? 이 자식이 진짜!"

세 번째 경우에도 당황하거나 감정적으로 대응할 필요는 없습니다. 여러분이 할 일은 단 한 가지입니다. 일관성을 유지하는 것입니다. 다시 천천히, 낮은 목소리로 이렇게 말하면 됩니다.

"지금 뭐라고 했냐고."

상대방의 반응이 격해도 여러분은 언제나 여러분의 일관성을 유지해야 합니다.

사람은 속을 파악할 수 없는
상대에게 두려움을 느낀다

사람은 감정 변화가 거의 없고 속마음을 파악할 수 없는 상대에게 자연스레 두려움을 느낍니다. 이때 중요한 것은 지나친 분노도, 지나친 저자세도 피하는 것입니다. 극단적인 반응은 오히려 여러분의 심리 상태를 그대로 드러내 약점으로 작용할 수 있습니다. 편안하고 차분하게, 3초 동안 눈을 맞추며 정색하고 한 마디를 건네세요.

"지금 뭐라고 했어?" 그 한 마디면 충분합니다.

이 방법은 제가 살아오며 언제 어디서든 효과를 발휘했던 대응법입니다. 기본적으로 이 행동만 기억하셔도, 무례하게 공격당하는 일은 거의 없을 것입니다.

아까 잠깐 소개했던 '악의 평범성'을 다시 떠올려 봅시다. 한나 아렌트는 홀로코스트를 주도한 아이히만의 행동을 이렇게 설명했습니다.

"그래도 되니까."

"나한테 아무 문제가 생기지 않으니까."

"다들 그렇게 하니까."

이 심리는 여러분이 공격을 받을 때도 똑같이 작용합니다.

"저 사람은 괴롭혀도 되니까."

"저 사람은 아무 반응이 없으니까 괜찮겠지."

"저 사람은 약하니까 반격하지 않을 거야."

누군가가 여러분을 '그래도 되는 존재'로 인식하는 순간, 평범했던 사람도 악마로 변할 수 있다는 점을 잊지 마세요.

이 책의 핵심 내용 중 절반 이상은 바로 이겁니다. **"건드려도 아무 문제가 생기지 않는 약한 존재가 되지 마세요."** 이 원칙을 지키는 것만으로도, 여러분은 불필요한 공격과 무례함에서 스스로를 보호할 수 있습니다. 꼭 기억하세요. 약속입니다!

나를 지키기 위해 하는 행동들은 모두 옳은 행동입니다.
무엇보다 내 인생이 우선이라고 생각하세요.

타인에게 인정받아 보이는 것이 꼭
행복이고 만족해서 일까?

2장

왜 사람들은 나를 만만하게 보고
함부로 대할까?

"학교에서, 직장에서, 친구 사이에서 혹은
어떤 모임에 가도 사람들이 항상 저를 만만하게 보고
함부로 대하는 것 같아요.
이럴 땐 어떻게 해야 할까요?"

제가 유튜브를 하면서 받은 이메일이나 댓글 중에서 가장 많은 비중을 차지한 고민이 바로 이 질문이었습니다.

"왜 사람들은 나를 만만하게 보고 함부로 대할까요?"

'만만하다'는 대하거나 다루기 쉬울 만큼 무르고 약하다는 뜻입니다. 다시 말해, 막 대해도 큰 문제가 없고, 반격하지 않는 약한 존재로 보인다는 뜻이죠.

흔히 이런 사람들을 가리켜 우리는 '호구'라는 표현을 쓰기도 합니다. 그리고, 많은 분이 자신이 타인에게 '호구를 당하는 원인'을 외모나 겉모습 때문이라고 착각합니다.

"내가 너무 착하게 생겨서…"

"키가 작아서…"

"왜소해서…"

"못생겨서…"

"패션 감각이 없어서…"

"학벌이 낮아서…"

"직업이 변변치 않아서…"

"시골 출신이라서…"

물론, 이런 요소들이 부분적으로 영향을 미칠 수는 있습니다. 하지만, 타인에게 만만하게 보이는 근본적인 원인은 따로 있습니다. 이 원인을 제대로 이해하지 못한다면, 평생 누군가에게 만만한 취급을 받으며 살아갈 가능성이 높습니다.

이 장에서는 타인에게 만만하게 보이는 근본적인 원인을 짚어본 뒤, 이를 조금 더 세분화하여 무시당하는 가장 큰 요인 세 가지와 그에 대한 해결책을 다루겠습니다. 이 내용을 머릿속에 깊이 각인시킨다면, 여러분이 어디를 가든 만만하게 당하는 일은 거의 없어질 것이라 자신합니다.

이번에는 실제 경험을 통해 타인에게 만만하게 보이는 근본적인 이유를 살펴보겠습니다. 이 이야기는 제가 유튜브에서도 다뤘지만 인테리어 목수로 일할 때 겪었던 일입니다.

목수로 일한 지 1년 정도 되었을 때, 용인의 한 아파트 리모델링 공사 현장에 투입되었습니다. 공사를 의뢰한 집주인은 보기 드문 친절한 분이었어요. 간식과 음료수를 준비해 주시고, 목공팀원들 한 명 한 명에게 정중하게 인사를 건넸습니다. 그런데 우리 팀의 목수 반장은 항상 공사 첫날, 집주인과 간단한 미팅을 마친 뒤 팀원들에게 집주인의 성격에 따라 이렇게 말하곤 했습니다.

"야, 이 집주인 보통 사람이 아니야. 하자라도 생기면 끝까지 물고 늘어질 골치 아픈 사람이니까, 다들 긴장하고 일해라."

"이번 집주인? 아무것도 몰라. 만만해. 대충 하면 돼."

이 반장은 집주인의 태도를 간보고, 그에 따라 자신과 팀원들의 행동 방식을 정하는 사람이었습니다.

이번 용인 아파트 집주인에 대한 반장의 평가는 이랬습니다.

"여기 집주인 완전 흐리멍텅하다. 맘 편히 일하고 나가자."

저는 반장의 이런 태도를 보며 속으로 다짐했습니다.

"나는 나중에 절대로 저런 반장이 되지 말아야지."

하지만 동시에 궁금했습니다.

"도대체 이 집주인은 짧은 미팅에서 무슨 태도를 보여줬길래 이렇게 만만하게 평가받았을까?" 그리고 일을 시작하면서 집주인의 행동을 관찰하자, 그분이 만만하게 보였던 이유가 명확히 드러났습니다.

그 원인은 바로 지나친 저자세였습니다.

공사 중, 목수 반장이 집 안에서 버젓이 담배를 피우려 했습니다. 이는 집주인이 집 안에 있는 상황에서 선을 넘는 행동이었죠. 그런데 집주인의 반응은 어땠을까요?

(당황하며 비굴하게) "아... 반장님, 죄송한데 담배는 좀..."

(반장이 귀찮아하며) "네? 뭐라고요?"

(설득하려는 자세로) "아니, 제가 담배 냄새를 싫어해서요..."

(짜증내며) "아, 참나. 그러면 밖에 나가 계시면 되잖아요. 담배도 못 피게 하면 일을 어떻게 하라는 거야!"

결국, 집주인은 자포자기한 표정으로 이렇게 말했습니다.

"아... 그러면 잠깐만 나갔다 오겠습니다. 피우세요..."

이후 다른 목수들까지 집 안에서 담배를 피우기 시작했고, 집주인은 계속 밖으로 나가야 했습니다.

그리고 부엌 테이블 공사에서, 목수 반장은 더 비싼 원목을 사용하라고 강요했습니다.

(반장) "이 원목으로 해야 나중에 후회 안 해요. 그냥 이걸로 하세요."

(집주인) "아... 네. 그럼 그렇게 할게요."

결국, 집주인은 강요에 못 이겨 비싼 원목을 선택했고, 이후에도 반장에게 계속 끌려다녔습니다.

여기까지 이야기를 들으면서 여러분은 어떤 점을 느끼셨나요? 그 집주인은 자신이 비싼 돈을 주고 고용한 목수반장에게 왜 온갖 스트레스를 받으며 끌려다니고, 심지어 수모까지 당해야 했을까요? 가장 중요한 근본적인 이유는, 처음에 목수반장이 집주인의 영역을 침범했을 때 집주인이 이를 단호하게 막지 못했기 때문입니다. 이 모든 비극의 시작은 바로 여기에서 비롯되었습니다.

앞서 언급했던 '선'이라는 것은 무엇일까요?

바로 내가 불쾌함을 느끼는 순간의 경계입니다. 누군가가 내 영역을 침범한다는 것은, 내가 불쾌함을 느끼는 선을 넘어섰다는 뜻입니다. 목수반장이 집 안에서 담배를 피우려 했던 것은 분명히 선을 넘는 행동이었습니다. 하지만 더 큰 문제는 그 상황에서 집주인의 대응 방식이었습니다.

(당황하며 비굴한 자세로)

"아... 저기 반장님... 죄송한데... 담배는 좀..."

이처럼 단호하게 자신의 불쾌감을 표현하지 못했기 때문에, 목수반장은 이를 기회로 삼아 이후에도 계속 선을 넘어갔습니다. 인간관계에서 처음 누군가가 선을 넘으려 할 때가 모든 관계를 바꿀 수 있는 골든타임입니다. 이 순간, 단호하게 선을 그으면 상대는 더 이상 넘지 않으려 하지만, 이 기회를 놓치면 관계를 되돌리는 데 훨씬 더 큰 노력이 필요합니다.

목수반장이 처음 담배를 피우려 했을 때, 집주인이 단호하게 "지금 뭐 하시는 겁니까? 여긴 제 집이에요. 담배를 피우시려면 나가주세요."

라고 말했다면, 이후 상황은 완전히 달라졌을 것입니다.

이런 부류의 사람들은 처음에 확실히 기를 눌러야 합니다. 그러기 위해서는 처음부터 얕보일 행동을 안 하는 게 중요하겠죠?

우리가 누군가에게
무시당하는 이유 3가지

집주인이 보였던 태도와 말속에는, 우리가 누군가에게 무시당하는 이유 3가지가 모두 담겨 있습니다. 이 세 가지 이유를 하나씩 살펴보겠습니다.

3위, 감정 표현의 기복

누군가가 여러분을 공격해올 때, 감정을 그대로 드러내는 것은 최대한 피해야 합니다.

"그러면 항상 무표정하게 감정을 숨기고 있어야 하나요?
그러면 사람들이 다 떠나지 않을까요?"

물론 평소에는 여러분의 자연스러운 모습을 그대로 드러내는 것이 가장 좋습니다. 밝은 성격이면 밝게, 내성적이라면 그 자체로, 과묵하면 과묵하게 말이죠. 억지로 강해 보이려 성격에 맞지 않는 모습을 연기할 필요는 없습니다.

하지만, 상대가 여러분의 경계를 넘으려는 조짐을 보일 때는 이야기가 달라집니다. **이럴 때는 감정을 드러내지 않는 것만으로도 강력한 심리적 압박을 줄 수 있습니다.**

그 집주인은 자신의 감정을 그대로 드러내는 것이 문제였습니다. 반장이 허락 없이 담배를 피우려 할 때, 쩔쩔매며 당황하는 모습. 더 비싼 원목 테이블을 강요받을 때, 어쩔 줄 몰라 하는 태도. 밖에 나가 커피를 사오라는 무례한 명령에 환하게 웃으며 응하는 모습.

이런 태도는 상대방으로 하여금 "이 사람은 내가 하는 행동에 따라 좌지우지될 수 있는 사람이다"라는 인식을 심어줍니다.

생각해 보세요. 우리가 주변에서 만났던 무게감 있고 우습게 보이지 않는 사람들의 공통점은 무엇일까요? 그들은 외모나 체격 때문이 아니라, 속을 알 수 없는 아우라를 풍기고 있었습니다.

속을 알 수 없는 사람은 자연스럽게 상대에게 위압감을 줍니다. 특히, 문제가 생겼을 때 감정을 쉽게 드러내지 않는 사람은 상대방으로부터 존중받기 쉽습니다.

2위, 자신 없는 목소리

여러분의 목소리는 상대에게 강렬한 인상을 남깁니다. 목소리가 중저음의 듣기 좋은 톤이라면 더욱 효과적이겠지만, 목소리 자체보다 더 중요한 것은 말하는 방식입니다. 만만하게 보이는 사람들의 특징 중 하나는 말끝을 흐리며 자신감이 없는 말투를 사용하는 것입니다.

(비굴하게 웃으며) "아... 저기요... 죄송한데... 담배는 좀..."

이런 태도는 상대에게 이 사람은 쉽게 넘어갈 수 있겠다는 인식을 줍니다. **이럴 때는 아래처럼 자신감 있는 말투를 사용하세요.**

"반장님, 담배는 나가서 피우세요. 실내에서는 금연입니다." 이처럼 말끝을 부드럽게, 그러나 단호하고 명확하게 마무리하세요.

"그럼 단호하게 말하는 연습은 어떻게 해야 하나요?"

이도 연습이 필요합니다. 영어 스피치처럼, 말투도 평소에 반복적으로 연습해야 합니다.

첫 번째 팁은 드라마나 영화 속 카리스마 있는 캐릭터의 대사를 따라 해 보면 좋습니다. 예를 들어, 드라마 베토벤 바이러스의 강마에처럼 강렬한 말투를 성대모사하듯 연습하면, 실제로 유용한 상황에서 적용할 수 있습니다. 두 번째 팁은 자신의 말투를 녹음해서 들어보는 것입니다. 자신감 없는 말투를 자각하고, 이를 개선하기 위한 연습을 지속해야 합니다.

1위, 화를 낼 줄 모름

제가 생각하는 무시당하는 가장 큰 이유 1위는 '화를 낼 줄 모른다'는 것입니다.

"화를 낸다는 건 공격적이고 무례하게
행동하라는 뜻인가요?"

아닙니다. 여기서 말하는 '화'란 내 불쾌한 감정을 상대에게 명확히 전달하는 것입니다. 한국에서는 화를 내는 것을 부정적으로 여기거나, 주변 눈치를 보며 감정을 억누르는 경우가 많습니다. 하지만, 이런 태도는 오히려 누군가에게 만만하게 보이는 이유가 됩니다.

제가 미국에서 8년 동안 살면서 가장 크게 배운 점 중 하나는, 화를 낼 줄 아는 법이었습니다. 미국에서는 친한 사이든 직장 상사든, 누군가가 선을 넘으면 거리낌 없이 자신의 불쾌함을 표현합니다. 심지어 크게 다툰 후에도 다음 날이면 아무렇지 않게 잘 지내는 문화가 있습니다.

반면, 한국에서는 자신의 감정을 억누르다가 나중에 폭발하는 경우가 많습니다. 그러나 여러분의 공간과 경계를 지키는 것은 전쟁과도 같은 일입니다. 누군가가 여러분의 마음을 침범하려 할 때, 반드시 여러분의 공간을 지켜야 합니다.

누군가가 선을 넘을 때는 처음부터 단호히 막으세요. 감정을 억누르지 말고, 냉정하고 단호하게 자신의 불쾌감을 표현하세요. 화를 낸다는 것은 공격적인 행동이 아니라, 자신을 지키는 것입니다. 여러분의 공간과 경계는 세상 그 누구도 대신 지켜주지 않습니다. 오직 여러분만이 지킬 수 있습니다.

의도적으로 상대를 깎아내리며 공격하는 사람 대처법

이번 장에서는 상대방의 실수나 단점을 의도적으로 들춰내 자존감을 떨어뜨림으로써 기싸움에서 우위를 점하려는 사람들에 대해 이야기해보려 합니다. 제가 살면서 이런 부류의 사람들을 관찰해보니, 오히려 본인의 기가 약해서 그런 행동을 하는 경우가 많았습니다.

반대로, 정말 내공이 깊고 기가 센 사람들은 결코 이렇게 나서지 않습니다. 괜히 눈에 힘을 주고 째려보며 공격적인 말투를 쓰고, 필요 없는 말을 꺼내 상대를 불편하게 만드는 사람들. 이런 부류는 굳이 하지 않아도 될 말을 꺼내 분위기를 망치고, 기분 나쁘게 만드는 데 능숙합니다.

예를 들면 이런 식이죠.
"너 오늘 옷을 왜 그렇게 입었냐?"
"아, 말귀 진짜 못 알아듣네."
"넌 왜 그렇게 어리바리하냐?"
"너 그래가지고 평생 연애는 하겠어?"

이처럼 불필요하게 공격적인 말을 아무렇지 않게 내뱉는 사람들은, 자신을 쿨하고 솔직한 사람으로 포장하곤 합니다. "다너를 위해서 하는 말이야"라며 합리화하지만, 사실은 그들 자신이 가장 겁 많고 여린 사람들입니다.

뇌과학자들에 따르면, 말을 하기 전에 상대방의 기분을 고려하고 배려하는 사람은 지능, 특히 영성지능(EQ)이 높은 반면, 상대방이 기분 나빠하든 말든 자신의 본능만 따라 말을 내뱉는 사람은 사회성이 부족하고 지능도 낮다고 합니다. 이런 사람들을 보면, 오히려 불쌍하다는 생각이 듭니다.

저도 이런 기싸움을 겪었던 경험이 있습니다. 2012년에 미국에서 귀국한 뒤 대기업 프랜차이즈 마트를 운영하던 시절의 일인데요. 프랜차이즈 사업에서는 본사의 지역 담당 FC(Franchise Consultant)가 각 점포를 관리하며 점검을 진행합니다. FC들은 점포의 운영 상태를 점검하고 지적 사항을 전달하는 역할을 하기 때문에, 점주들에게는 신경 쓰이는 존재일 수밖에 없습니다. 특히, 어떤 FC들은 이 권한을 남용해 점주들에게 무례하거나 갑질을 하는 경우도 있었습니다.

당시 우리 지역에 새로운 FC가 부임한다는 소식이 들려왔습니다. 점주들끼리 정보를 공유하는 단체 채팅방에서는 이 FC에 대한 불만이 쏟아졌습니다. 초면에 반말은 기본이고, 거만하며, 무례한 행동으로 점주들을 제압하려 든다는 이야기가 많았습니다. 저 역시 긴장 반, 기대 반으로 그날을 맞이했습니다.

그리고 드디어 그 FC가 제 점포에 방문했습니다. 카운터 옆에서 장부를 정리하던 중, 한 남자가 껌을 질겅질겅 씹으며 거만한 표정으로 들어왔습니다. 그는 매대를 발로 툭툭 치며 혼잣말로 욕과 불평을 늘어놓았습니다. "아, 이 점포 운영 진짜 엉망이네" 같은 말들을 큰소리로 했는데, 다른 손님들까지 움찔하며 불편해하는 모습이 보였습니다. 저는 화가 났지만, 그를 바로 대면하지 않고 일부러 모르는 척하며 지켜보기로 했습니다.

그는 카운터 쪽으로 다가와 껄렁껄렁한 태도로 물었습니다. "여기 점주 누구야?" 저는 태연하게 대답했습니다. "접니다. 누구신데요?" 그는 마치 상사처럼 반말 섞인 말투로 말했습니다. "나 이번에 새로 온 FC야. 잠깐 나와봐."

그의 태도는 초면부터 기본 예의가 없었습니다. 저는 이런 경우, 상대가 불쾌하게 느껴지는 순간부터 관계를 확실히 정리해야 한다고 생각합니다. 그래서 당황하거나 위축되지 않고 차분히 대답했습니다.

"아, FC님이시군요. 그런데 제가 지금 발주 중이라 10분만 기다려주시겠습니까?" 그는 순간 멈칫하며 되물었습니다. "10분이면 끝나나요?" "네, 충분합니다."

이 한마디로 저는 그를 제가 만든 흐름에 맞추게 했습니다. 만약 이 상황에서 제가 "죄송한데..."라며 우물쭈물했더라면, 그는 분명 더 무례하게 굴었을 겁니다. 하지만 저는 차분하면서도 단호하게 요청했고, 그는 이를 받아들일 수밖에 없었습니다.

10분 뒤, 그는 다시 찾아와 반말 섞인 말투로 말했습니다. "10분 다 됐죠? 이제 나와봐요."

저는 그를 바로 따라가지 않고 대화를 유도하며 자연스럽게 관계의 흐름을 조율했습니다.

"과장님, 주차는 하셨나요? 여기 주차할 곳이 별로 없는데요." 그는 얼떨결에 대답했습니다. "네, 밖에 했어요. 자리가 많더라고요." 저는 친근한 말투로 대화를 이어갔습니다. "아, 그렇군요. 더우시죠? 일단 시원한 커피 한잔 하시죠. 잠깐 여기로 와보세요."

그를 매대 쪽으로 안내하며 커피를 고르도록 했습니다. "과장님, 어떤 커피 드시겠어요?" 그는 우물쭈물하며 대답했습니다. "그냥 레쓰비 주세요." 저는 살짝 그의 등을 두드리며 말했습니다. "에이, 레쓰비 말고 더 맛있는 거 드세요. 이거 어떠세요?"

이렇게 작은 친근감을 주는 신체 접촉은 상대를 적으로 돌리지 않고 관계를 부드럽게 만들 수 있는 효과적인 방법입니다. 상대를 기선제압하면서도 적대적 관계를 만들지 않는 것이 중요하니까요.

커피를 마신 뒤 저는 자연스럽게 대화를 주도했습니다. "아, 과장님, 아까 점포에 대해 말씀하시려던 게 뭐였죠? 점포 안으로 들어가면서 이야기 나눌까요?"

이처럼 상황을 주도하며 상대를 제 흐름으로 끌어오면, 상대는 자신도 모르게 제 지시에 따르게 됩니다.

결국, 그는 제가 만든 판 위에서 점포를 둘러보며 지적 사항을 전달했습니다. 저는 수첩을 들고 그의 말을 경청하며 예의를 갖췄고, 그의 태도도 점점 누그러졌습니다. 마무리로는 서로 웃으며 좋은 분위기에서 인사를 나누었고, 이후로도 좋은 관계를 유지했습니다.

이 사례에서 알 수 있듯, 요란하게 굴며 기싸움을 시도하는 사람일수록 내공이 부족한 경우가 많습니다. 중요한 것은 그들의 요란함에 휘둘리지 않고 중심을 차지하는 것입니다.

이를 위해 **가장 효과적인 방법 중 하나는 질문입니다**. 질문은 상대를 주춤하게 하고 대화의 주도권을 가져오는 강력한 도구입니다.

20대 초반, 신문사 인턴 시절에도 비슷한 경험이 있었습니다. 고압적인 태도로 인턴들을 위축시키던 선배가 있었는데, 저는 그에게 가벼운 질문을 자주 던졌습니다.

"선배님, 이 카메라는 어떤 브랜드인가요?"

"와! 이 사진 조명 정말 멋진데, 어떻게 찍으셨는지 알려주세요!"

이런 질문 덕분에 그 선배는 저에게는 함부로 대하지 못했습니다. 요란한 사람일수록 중심을 차지하려 하면 거짓말처럼 기세가 꺾입니다. 질문과 작은 부탁을 활용해 상대를 자연스럽게 내 흐름으로 이끄세요. 이 방법은 언제 어디서나 효과적입니다.

기억하세요, 상대가 요란하게 굴더라도 겁내지 말고 중심을 잡으세요. 그러면 그들은 결코 여러분을 함부로 대하지 않을 것입니다.

절대 감정적으로
동요하지 말아야 하는 이유

　제가 유튜브 채널에서 말싸움에 관한 주제를 다룬 적이 있는데, 많은 분들이 댓글을 통해 말싸움에서 이기고 싶다는 고민을 털어놓으셨습니다. 특히 "나는 말싸움을 당당히 못해서 힘들다", "어떻게 하면 말싸움에서 이길 수 있을까요?"라는 질문이 자주 보였죠.

　본격적으로 이야기를 시작하기에 앞서, 독자 여러분도 한 번 생각해보세요. 말싸움에서 이긴다는 게 과연 어떤 의미일까요?

　예를 들어, 내가 상대방을 논리로 철저히 제압하고, 목소리 톤까지 높이며 완벽하게 눌렀다고 가정해봅시다. 그렇다면 이게 정말 말싸움에서 이긴 걸까요? 반대로 내가 상대에게 논리적으로 완벽히 패배해 본 적이 있다고 해봅시다.

　그때 여러분은 "아, 그렇군요. 제가 잘못 생각했네요. 당신 말이 맞습니다. 죄송합니다"라고 패배를 인정한 적이 있나요?

　대다수의 사람은 그런 상황에서도 자신의 패배를 인정하

기보다는, 오히려 상대를 비난하거나 나쁜 사람으로 몰아가며 더 반감을 갖기 마련입니다. 특히 정치나 종교 같은 주제는 논리나 근거로 설득하기가 더 어렵습니다. 이미 자신의 신념과 믿음이 굳건한 사람들에게는 어떤 현란한 말솜씨도 소용이 없으니까요.

그래서 저는 인간관계를 맺으면서 큰 손해가 되지 않는 한 말싸움과 갈등을 피하는 것이 현명하다고 말씀드리고 싶습니다. 상대방이 원하는 대로 "그래, 네 말이 맞다"라고 인정해주고 끝내는 것이 에너지를 낭비하지 않는 방법입니다.

여기서 말하는 말싸움은 나에게 부당한 대우를 하는 상대를 대처하는 것이 아닙니다. 단순히 서로의 이해관계가 다른 상황에서 생기는 불필요한 갈등, 혹은 무의미한 시비를 뜻합니다. 예를 들어 정치, 종교, 뉴스, 시사 같은 주제나, 대꾸할 가치도 없는 유치한 시비들 말이죠.

"오늘 머리가 왜 그따위야?"
"얼굴이 왜 이렇게 부었냐?"
"옷이 왜 그렇게 구리냐?"

이런 유치한 시비는 대부분 상대가 내 감정을 동요시켜, 흔들리는 모습을 보고 싶어서 의도적으로 벌이는 행동입니다. 한마디로, 그들이 만든 유치한 판 위에 올라오라는 초대인 셈이죠.

이때 그 판 위에 올라가는 순간, 상대의 목적은 성공합니다.

예를 들어, 상대가 무례한 말을 던졌을 때 내가 화를 내며 "뭐? 네가 지금 뭐라고 했어?!"라고 반응하면, 결국 상대만 신나게 되는 겁니다. 그들에게 내가 원하는 모습을 그대로 보여준 것이니까요.

"그럼 그 상황에서 어떻게 하란 말인가요?
그냥 멍하니 참고만 있으라는 말인가요?"

아닙니다. 제가 말하는 핵심은 상대가 만든 판 위에 올라가지 말라는 것입니다. 괜히 쓸데없이 동요하지 말라는 뜻이죠. 이렇게 유치한 시비를 거는 사람들의 심리는 대부분 자존감이 낮고 내면이 비어 있는 경우가 많습니다.

자존감이 높은 사람들은 자기 내면에 에너지를 집중합니다. 예를 들면 명상을 하거나, 운동을 하거나, 책을 읽거나, 산책을 하는 식으로 자기 자신을 수양하며 에너지를 채우죠. 하지만 자존감이 낮은 사람들은 에너지를 외부로부터 충족시키려는 경향이 강합니다.

이런 사람들에게 놀아나지 마세요.

예를 들어, 지나가며 눈싸움을 걸고는 "왜 쳐다봐?"라고 시비를 거는 사람들, 학교에서 후배에게 "왜 인사를 안 해? 건방지네"라고 꾸짖으며 영향력을 과시하려는 사람들. 이들은 사실 내면이 텅 비어있는 겁쟁이들입니다. 겁이 많은 개가 짖는다는 말처럼, 이런 행동은 오히려 그들의 두려움을 드러내는 것입니다. 그렇다고 그들과 언성을 높이며 맞받아치는 것은 말싸움이 아니라 의미 없는 개싸움에 불과합니다.

제가 정말 좋아하는 드라마 미생에 이런 명대사가 있습니다.
"상대방이 역류를 일으켰을 때 즉각적으로 반응하는 건 어리석다. 상대방이 역류를 일으킬 때 나의 순류를 유지하는 것은 상대방 입장에서 보면 그 자체로 역류가 된다."

이 문장은 모든 인간관계를 관통하는 묵직한 메시지를 담고 있습니다. 상대방의 무례한 행동이나 말은 역류라고 볼 수 있습니다. 그런데 그 역류에 휩쓸려 떠내려가는 대신, 나의 흐름(순류)을 유지하면 됩니다. 상대방의 역류에 반응하지 않고 가만히 지켜보는 것만으로도 충분합니다.

독자 여러분은 아마 다혈질이거나 욱하는 성격보다는, 둥글둥글하고 이성적인 성격을 가지신 분들이 많을 것이라고 생각합니다. 그런 분들은 이 방법을 어렵지 않게 실천할 수 있습니다. 화를 내고 기싸움을 벌이는 것이 오히려 스트레스인 경우가 많으니, 순류를 유지하는 방법이 더 자연스럽고 효과적일 것입니다.

결론적으로, 유치하고 말 같지 않은 시비는 대응할 필요가 없습니다. 상대방이 만든 판 위에 올라가지 않고, 자신의 순류를 유지하세요. 내 에너지를 아낄 수 있을 뿐만 아니라, 상대가 원하는 반응을 보이지 않음으로써 자연스럽게 우위를 점할 수 있습니다. 이 방법은 쉽고 단순하지만, 효과는 탁월합니다. 앞으로 불필요한 말싸움에서 벗어나 더 평온하고 현명한 인간관계를 유지하시길 바랍니다.

부당한 말싸움에서 내가 원하는 방향으로 상황을 이끌어가는 실전 스킬

이번 장에서는 **부당한 말싸움에서 내가 원하는 방향으로 상황을 이끌어 가는 실전 스킬**에 대해 이야기하겠습니다. 다만, 여기에는 중요한 전제 조건이 있습니다. 제3자가 보아도 분명히 상대방이 부당하게 문제를 제기하고, 말싸움을 걸어오는 상황에만 해당 된다는 점입니다. 즉, 상대방의 부당한 태도와 문제를 분명히 인지하고, 이를 바탕으로 대응해야 합니다.

제가 30대 초반에 한 라운지바에서 총괄 매니저로 일하던 때의 이야기입니다. 약 6개월 정도 일하면서 회사를 떠날 결심을 하게 되었는데, 이유는 단순했습니다. 사장의 술버릇이 최악이었기 때문이죠.

평소에는 멀쩡하지만, 술만 마시면 뒷통수를 치거나 멱살을 잡고 흔드는 등 폭력적인 행동을 했습니다. 손님들 앞에서도 직원들을 일렬로 세워놓고 상스러운 말을 퍼부었습니다. 특히 저에게는 더 심하게 꼬장을 부렸는데, 이는 제가 부당한 일에 대해 가만히 넘어가지 않고 바로 지적하는 성격 때문이었습니다.

그렇게 술에 취해 직원들에게 무례한 행동을 하고 나면, 다음 날이면 항상 "기억이 안 난다, 미안하다"라는 말로 넘어갔습니다. 하지만 이런 일이 반복되면서 저는 점점 더 스트레스를 받았고, 결국 결단을 내릴 수밖에 없었습니다.

어느 날, 사장이 술에 잔뜩 취해 저를 불렀습니다. 그런데 이번에는 "현규야, 여기로 와봐"가 아니라, "야, 이 XX야, 너!"라며 강아지를 부르듯 손짓을 했습니다. 그날 저는 '오늘은 결판을 내야겠다.'는 마음으로 사장에게 갔습니다.

사장은 저를 쳐다보며 "난 네 눈빛이 마음에 안 들어. 넌 내가 사장인데 우습게 보이냐?"라며 시비를 걸었죠. 저는 "사장님, 지금 취하셨으니 내일 술 깨고 다시 이야기하시죠"라고 말하며 상황을 넘기려 했습니다. 그런데 갑자기 사장이 벌떡 일어나 제 뒷통수를 후려쳤습니다.

그 순간 모든 걸 엎어버리고 싸울까 잠시 고민했지만, 술에 취한 사람과 다투는 게 무의미하다고 판단했습니다. 그래서 "일 그만두겠습니다"라고 말한 뒤 바로 밖으로 나갔습니다.

하지만 사장은 유리잔을 제 쪽으로 던졌고, 유리잔이 벽에 부딪혀 깨지는 소리와 파편이 주변에 튀었습니다. 그 순간 저는 깨달았습니다.

"이 사람은 말로 해결할 수 없는 사람이구나."

이때는 감정을 드러내지 않는 것이 핵심입니다. 이후 사장은 며칠 후에 만나자고 연락을 해왔습니다. 저는 '진심으로 사과한다면 그냥 좋게 끝내자.'는 마음으로 나갔습니다. 그런데 사장은 오히려 이렇게 말했습니다.

"야, 넌 사내자식이 그 정도 가지고 삐져서 일을 그만두냐? 우리가 그 정도 사이야?"

그 말을 듣고 어이가 없었지만, 저는 흥분하지 않으려 애썼습니다. 이런 상황에서 흥분은 절대 금물입니다. 흥분하면 목소리가 떨리고, 두뇌 회전이 느려지며, 논리적으로 대응하기 어려워집니다. 이런 반응은 상대방이 원하는 이상적인 모습일 뿐입니다.

상대방은 자신의 억지 논리와 행동으로 인해 내가 감정적으로 무너지는 모습을 보고 싶어합니다. 내가 쩔쩔매고 말문이 막히는 그 순간, 그들은 승리감을 느끼죠. 따라서 중요한 건, 감정을 드러내지 않고 차분하게 대응하는 것입니다.

부당한 말싸움을 주도하는 4가지 방법을 순서대로 설명드리겠습니다.

1. 감정을 드러내지 않는다

상대방이 아무리 무례하게 굴어도, 절대로 흥분하거나 목소리를 높이지 않습니다. 흥분한 상태에서는 논리적인 판단과 말싸움의 주도권을 잃게 됩니다.

2. 상대방의 말을 의도적으로 되묻는다

상대방의 공격적인 말을 그대로 되묻는 것은 그들의 논리를 깨뜨리는 효과적인 방법입니다.

상대: "넌 정말 애 같아."

나: "애 같다는 게 무슨 뜻이죠? 제가 어떻게 애같이 행동했나요?"

이렇게 되묻는 방식은 상대방을 주춤하게 만듭니다. 이들은 구체적인 이유 없이 무례한 말을 던지는 경우가 많기 때문에, 되묻는 순간 스스로 논리적 허점을 드러낼 가능성이 큽니다.

3. 냉정하게 상대의 행동을 지적한다

감정을 배제한 채 사실만으로 상대의 행동을 지적합니다.

"사장님, 어제 술에 취해 저를 때리고 유리잔을 던지셨습니다. 이런 행동은 용납할 수 없습니다."

이는 흥분하거나 감정적인 대응보다 훨씬 더 효과적입니다.

4. 상대방의 판에 올라가지 않는다

상대방이 만든 판에서 내가 동요하거나 대응하면, 그들에게 유리한 게임이 됩니다. 차분하게 대응하면서 내가 원하는 방향으로 대화를 이끌어가야 합니다.

이런 부당한 상황에서 가장 중요한 건, 감정을 드러내지 않고 상대의 논리를 조목조목 깨뜨리며, 차분하게 대화를 주도하는 것입니다. 냉정하고 논리적인 태도는 언제나 감정적인 반응보다 강력합니다. 상대가 만든 판에 휩쓸리지 않고, 주도권을 유지하며 내 방향으로 대화를 이끌어가는 기술을 연습해보시면 좋습니다.

"영화나 드라마에서 보면 그런 상황에서 멋진 논리로
상대방을 굴복시키는 사람들도 있던데
그런 사람들은 타고난 사람들인가요?"

　영화나 드라마에 나오는 주인공들이 곤란한 상황에서 멋진
말로 상대방을 할 말 없게 만들고, 법정에서 변호사가 논리적
인 공방으로 상대를 굴복시키는 장면을 보며, "왜 나는 저런 카
리스마와 논리력이 없을까? 왜 나는 저런 상황에서 어버버거릴
까?"라며 한탄한 적이 있나요?
　사실 현실에서는, 그렇게 멋진 장면처럼 즉석에서 논리로 상

대방을 제압하는 일이 드뭅니다. 현직 변호사인 지인에게 들은 이야기로는, 법정에서도 영화처럼 말로 공방을 벌이는 일은 거의 없다고 합니다. 실제로는 90%가 미리 준비된 서류와 증거로 승부를 보는 것이라고 해요.

그렇지만 현실에서도 곤란한 상황에서 침착하게 자기 할 말을 다하며 상황을 주도하는 사람들을 본 적이 있을 겁니다. 이는 타고난 언변 때문이 아닙니다. 그들의 비결은 간단합니다. 흥분하지 않고, 충분히 시간을 두고 생각한 후에 말을 꺼내는 것이죠.

"어떻게 하면 그런 상황에서
흥분하지 않을 수 있을까요?"

부당한 말싸움에서 원하는 방향으로 대화를 이끌어갈 수 있는 세 가지 중요한 단계가 있습니다.

1단계: 자연스러운 심호흡으로 흥분을 가라앉히기

부당한 말을 들었을 때, 가장 먼저 해야 할 일은 숨을 크게 들이마시고 천천히 내쉬는 것입니다. 무표정으로 하거나, 가볍게 웃으면서 한숨을 쉬듯 자연스럽게 숨을 고르세요. 이 과정은 단 몇 초면 충분합니다. 당신이 숨을 고르는 동안 머리를 정리할 시간이 생기고, **상대방에게는 아무렇지 않은 태도로 여유를 보여줄 수 있습니다.** 숨을 고르며 흥분을 가라앉히면 두뇌로 산소가 공급되면서 논리적인 대응을 할 준비가 됩니다.

반대로 흥분하게 되면 심박수가 빨라지고 숨이 거칠어지면서 두뇌 회전이 둔해져 할 말을 제대로 떠올리지 못하게 됩니다. 상대방의 말에 즉각적으로 대응해야 한다는 압박감을 내려놓으세요. 몇 초의 여유가 당신을 차분하게 만들고, 상대방에게는 자신감 있는 태도로 비춰질 것입니다.

2단계: 부당한 포인트만 질문형으로 답하기

부당한 말싸움에서 내가 원하는 방향으로 이끌기 위한 두 번째 단계는 **부당한 포인트를 딱 집어서 질문형으로 응대하는 것입니다.** 이 단계에서 중요한 점은 상대방의 부당한 점을 논리적으로 지적하면서도, 질문형으로 표현해야 한다는 것입니다. 질문은 상대방이 자신의 잘못이나 모순을 자각하게 만들며, 논리적 우위를 점할 수 있는 강력한 도구입니다.

다시 아까 사장과의 대화 상황을 예로 들어보겠습니다.

사장이 취중에 제게 시비를 걸며, "야, 너 지금 웃었냐? 너의 가장 큰 문제가 뭔지 알아? 넌 애같이 생각한다는 거야!"라고 말한 상황이었습니다.

저는 흥분하지 않고, 의자에 편하게 기대며 고개를 젖히고 피식 웃었습니다. 그리고 숨을 크게 들이마신 뒤, 침착하게 말했죠.

"사장님, 그러면 만취해서 직원들한테 시비 걸고 몸을 건드리는 게 어른다운 행동인가요? 한번 말씀해보세요."

이 질문은 매우 간결하면서도 강력했습니다. 사장은 당황한 기색이 역력했지만, 아무 말도 하지 못했습니다. 그 이유는 간단합니다. 제가 논리적으로 우위에 있었기 때문입니다. 제가 지적한 그의 행동은 명백히 부당했고, 이에 대해 어떤 답변을 하든 사장은 스스로 모순을 인정해야 하는 상황에 놓였던 겁니다.

그런데 사장은 이 논리적인 질문에 제대로 대답하지 않고, 갑자기 소리를 지르며 욕을 하기 시작했습니다. "야, 이 싸가지 없는 XX가 얻다 대고 뭐? 뭐라고 했어!"라고 고래고래 소리쳤죠.

이때 저는 어떤 반응도 보이지 않고, 가만히 팔짱을 낀 채 무표정으로 그를 바라봤습니다. 그의 소란은 이미 제게 패배를 인정하는 행동이나 다름없었기 때문입니다. 상대방이 논리적으로 대응하지 못하고 감정적으로 날뛴다면, 말싸움에서의 주도권은 이미 제 손에 넘어온 상태입니다.

3단계 : 최대한 어떠한 반응도 보이지 말 것

상대방이 흥분해서 소리를 지르거나 감정적으로 폭발할 때,

가장 중요한 것은 동요하지 않는 것입니다. 여기서 동요란 감정적으로 흔들리거나, 언성을 높이거나, 맞대응하려는 반응을 말합니다. 이런 상황에서는 상대방이 이미 스스로 논리적으로 패배했음을 드러낸 것이니, 그저 차분히 바라보기만 하면 됩니다.

3단계의 핵심 포인트는 어떤 상황에서도 감정을 드러내지 않는 것입니다. 상대방이 욕을 하든, 소리를 지르든, 그저 바라보며 침착함을 유지하세요. 이를 통해 상대방은 자신의 흥분과 감정적 폭발이 상황을 악화시키고 있다는 것을 스스로 깨닫게 됩니다.

감정적으로 폭발한 상대방에게 굳이 언쟁을 이어갈 필요가 없습니다. 오히려 간결하고 차분한 질문으로 상대방의 주장을 논리적으로 무너뜨리세요.

"제가 물어본 것에 대해 할 말이 없으신가요?" 이 짧은 질문 하나로도 상대방을 심리적으로 압박할 수 있습니다.

기싸움 거는 사람들을
역으로 제압하는 방법

　대표적인 기싸움의 사례로 격투기 선수들이 시합 전에 서로를 죽일 듯이 바라보며 기선을 제압하려는 모습이나, 뉴질랜드 하카 춤을 떠올려보세요. 하카는 뉴질랜드의 럭비 선수들이 상대 팀의 기를 꺾기 위해 시합 전에 눈을 크게 뜨고 과장된 몸짓과 소리로 상대를 위압하는 퍼포먼스입니다. 이처럼 상대를 겁주고 주눅 들게 만드는 행동은 전쟁이나 전투처럼 반드시 상대를 이겨야만 생존할 수 있는 상황에서는 이해가 됩니다. 하지만 일상에서 누군가에게 쓸데없는 기싸움을 거는 사람들은 전혀 다른 이유로 그러고 있으니, 어쩌면 정말 우습고 유치하게 느껴질 때도 많습니다.

　아마 여러분도 일상에서 이런 사람들을 한두 번은 마주쳤을 겁니다. 죽고 사는 전쟁이 아닌 평범한 사회생활 속에서 왜 굳이 상대방에게 기싸움을 걸까요?

　제 경험상, 기싸움을 즐기는 사람들은 대체로 내면이 텅 비어 있거나 자신감이 결여되어 있기 때문에 이를 감추고자 센 척을 하는 경우가 많습니다. 겉으로는 강해 보이려 애쓰지만, 속을 들여다보면 실속 없는 경우가 대부분입니다. 이들의 심리를 미리 알고 있으면 기싸움을 제압하거나 피해를 입지 않게 대처할 수 있습니다.

기싸움을 거는 사람들 중 상당수는 질투심 때문에 그런 행동을 합니다. 상대방이 자신보다 잘났고 멋지다면 샘이 나고 열등감을 느끼지만, 직접적으로 이길 방법이 없으니 가장 쉬운 방법으로 그 사람을 깎아내리려 합니다.

예를 들어 이런 말들이 그렇죠.

"아우, 현규 씨 요즘 너무 살쪘네요. 얼굴이 되게 커 보여요."

"정은 씨, 요즘 일이 별로 없나 봐요? 한가해 보이네요."

"사장님, 요즘 가게에 손님이 확 줄었네요. 자영업자 폐업률도 높은데, 불안하시겠어요?"

이런 말들은 듣는 사람의 속을 긁으며 자존심을 건드리는 전형적인 기싸움입니다. 그런데 이런 말들을 곱씹어 보면, 사실 상대방의 열등감이나 불안감의 반영일 뿐입니다. 자기보다 잘나 보이는 사람이 부담스럽거나 부러워서, 그 감정을 해소하기 위해 상대를 깎아내리려는 거죠.

어떻게 보면, 이런 행동을 하는 사람은 참 딱하고 불쌍한 존재입니다.

질투심이란 상대방이 나보다 나은 부분을 스스로 인정하는 감정이기도 합니다. 그 불안감을 이겨내지 못하고 공격적인 말과 태도로 드러내는 사람들은 내면이 약한 경우가 대부분입니다.

유튜브를 운영하다 보면 이런 기싸움을 경험할 일이 많습니다. 특히 제가 직접 겪었던 일인데, 꼭 구독자 수가 늘지 않거나 조회수가 저조한 영상이 있을 때마다 어김없이 나타나는 사람들이 있죠. 댓글로는 이렇게 써놓습니다.
"감성대디 이제 끝났네. 완전 끝물이야. 채널 완전 죽어가는구만 큭큭큭. 이제 곧 망할 듯~."
그런데 다음 영상에서 조회수가 터지면 언제 그랬냐는 듯 사라지고 잠잠해지죠. 한 사람이 아이디를 바꿔가며 그러는 건지, 여러 명이 그러는 건지는 알 수 없지만, 이런 상황은 정말 빈번하게 일어납니다.

사실 질투심 자체는 나쁜 감정이 아닙니다. 누군가가 나보다 잘났다고 느낄 때, 그것을 계기로 자극을 받아 더 노력하고 발전하려는 마음으로 바뀐다면 오히려 긍정적인 동기가 될 수 있죠. 그러나 나쁜 질투심을 가진 사람들은 그런 생각이 전혀 없습니다.
그들의 목표는 상대를 자신과 같은 수준으로 끌어내리는 데 있습니다. 본인은 노력하지 않으면서, 그저 남의 노력을 폄하하고 방해하는 데에만 몰두하죠. 어떻게든 그 사람을 끌어내리려는 몸부림 이외에는 다른 목표나 행동이 없는 사람들입니다. 그런 모습이야말로 참 불쌍한 인생이라고 할 수밖에 없습니다.

질투는 꼭 상대가 나보다 잘났을 때만 생기는 건 아닙니다. 나와 비슷하거나, 심지어 나보다 아래로 보던 사람이 노력하기 시작할 때도 발생합니다.

예를 들어 이런 상황들이 있을 수 있습니다.

친구가 갑자기 영어 공부를 시작했다.

누군가가 꾸준히 운동을 하며 몸을 만들고 있다.

동료가 취업을 위해 열심히 정보를 모으고 알아보고 있다.

지인이 유튜브를 하기 위해 영상 편집을 배우기 시작했다.

이런 모습을 본 사람들이 이런 식으로 말하곤 합니다.

"네가 운동해서 몸이 얼마나 좋아지겠냐?"

"그 나이에 영어 공부해서 뭐 하려고?"

"유튜브 한다고? 네가? 요즘 유튜브는 완전 레드오션이야. 정신 차려."

"요즘 취업이 얼마나 어려운 줄 알아? 그냥 하던 일이나 계속해."

이런 부류의 사람들은 남이 뭔가 새로운 시도를 하거나 나아가려는 모습을 보면서 괜히 비꼬고 깎아내립니다. 제가 제일 싫어하고 역겨워하는 사람들도 바로 이 유형의 사람들입니다.

자신은 아무 노력도 하지 않으면서, 남의 노력을 비웃고 폄하하며 그 사람을 깎아내리려는 루저들이죠.

그런 사람들이 자기가 비웃던 대상이 실제로 잘나가는 것을 보면, 그때부터는 어떻게든 끌어내리려고 발버둥을 칩니다. 이런 수준 이하의 인간들에게 정신적으로 상처를 입고 끌려다니고 싶어 하는 사람은 없을 겁니다.

제가 '타인에게 만만하게 보이는 근본적인 원인과 현실적인 해결법' 파트에서 정말 중요하다고 강조했던 점이 있었습니다. 이 부분은 너무나 중요한 내용이기에, 다시 한번 짚고 넘어가겠습니다. 바로,

상대에게 감정을 드러내지 않고, 짧고 간결하며 명확한 태도를 유지하는 것입니다. 특히, 불쾌한 질문이나 시비를 걸어올 때는 건조한 표정으로 눈을 마주치며 3초간 위아래로 훑어본 후, 짧고 간단하게 반응하는 것입니다.

상황에 따라 약간의 조절이 필요할 수 있지만, 기본적으로 이 자세를 유지하면 대부분의 경우 적절히 대응할 수 있습니다.

예를 들어, 이런 질문을 받았을 때를 생각해봅시다.

"XX씨, 영어 공부 열심히 한다고 하더니 별로 나아진 게 없는 것 같네요? 수업 시간에 잠만 잔 거 아냐?"

대부분 사람들은 난처한 표정으로 이렇게 반응하곤 합니다.

"하하... 그러게요... 요즘 일이 많아서 공부할 시간이 없었네요."

그러나 속으로는 화가 나거나 상처를 받는 경우가 많죠.

또 다른 예로,

"XX씨, 요즘 엄청 살쪘다. 밤마다 야식 드시나 봐요? 살 좀

빼야 하는 거 아닌가?"

이에 머쓱한 웃음과 함께

"아... 요즘 일이 많아서 야식을 먹게 됐어요. 좀 빼야겠죠?"

라고 대답한다면, 상대방은 내 반응을 보고 기뻐할 겁니다. 왜냐하면, 이런 불쾌한 질문을 던지는 사람들은 내가 감정적으로 흔들리고 상처받는 모습을 보고 싶어 하기 때문입니다. 그들은 나의 불편한 반응을 통해 심리적 우위를 느끼고, 자신이 기싸움에서 이겼다고 착각합니다.

그러나 이럴 때 중요한 점은, 상대방이 원하는 반응을 주지 않는 것입니다. 상황에 따라 아래와 같은 짧은 답변이 충분합니다.

"XX씨, 주말인데 데이트 약속도 없어요? 이제 곧 서른 중반인데 어떡할 거야?"

"아~ 네."

"그러다 결혼도 못 한다니까. 언제 데이트하고 결혼하려고 그래? 심각하다니까."

"아~ 알겠습니다."

이때 가장 중요한 것은 내가 상처받거나 흔들리는 모습을 보이지 않는 것입니다.

이런 질문에 반응하거나 감정적으로 휘둘리면, 상대는 "아, 내가 이 사람에게 영향력을 미치고 있구나"라는 만족감을 느끼게 됩니다. 하지만 내가 아무렇지도 않은 태도를 보이면, 상대는 더 이상 보람도 재미도 느끼지 못하고 스스로 기가 꺾입니다.

그리고 상대방이 이후에도 다시 말을 걸어오더라도 평소와 같은 태도로 담담하게 대화를 이어가는 것이 중요합니다. 많은 사람들이 이런 불쾌한 일이 있은 뒤에는 상대를 의도적으로 피하거나 불편한 기색을 드러내지만, 이는 오히려 상대에게 "저 사람은 내가 한 말을 계속 신경 쓰고 있구나"라는 메시지를 줄 수 있습니다.

반대로, 아무 일도 없었다는 듯이 평상시처럼 대하면 상대는 "이 사람은 도대체 속을 알 수가 없네"라고 생각하며, 더 이상 같은 행동을 반복하기 어렵게 됩니다.

"만약 상대방이
'지금 내 말을 무시하는 거냐?'
하면서 화를 내거나 더 시비를 걸면 어떡해요?"

오히려 그 반응이 여러분에게 유리한 상황이 됩니다. 그 순간을 기회로 삼아, 당황하지 않고 태연하게 대처하는 것이 중요합니다.

이때 흔히 실수하는 대응이 있습니다.

예를 들어,

"아... 아니, 그게 아니고요..."

"오해가 있는 것 같은데요..."

이런 반응은 금물입니다. 이렇게 하면 오히려 상대방이 원하는 대로, 내가 위축되고 흔들리는 모습을 보여주는 셈이 됩니다. 이럴 때는,

태연하고 담담하게 대응하면 됩니다. 상대방의 감정적인 반응에 휘둘리지 않고 평상시 대화하듯 대답하세요.

예: "네? 제가요? 제가 왜 XX씨를 무시하겠어요."
→ 이처럼 차분한 태도로 반응하면 상대방이 더 이상 시비를 걸 핑곗거리를 잃게 됩니다.

그리고, 역으로 질문하기 오히려 상대방이 왜 그런 반응을 보이는지 질문하세요.

예: "XX씨, 오늘 기분이 안 좋으신 것 같은데 괜찮으세요?"
"XX씨, 혹시 저한테 화난 일이라도 있으셨어요?"

이런 질문은 상대방을 심리적으로 곤란하게 만듭니다.

상대가 "그래, 기분이 안 좋다!"라고 답하면, 자신이 유치하게 굴고 있음을 드러내는 꼴이 됩니다.
반대로 "아니, 기분 안 나빠!"라고 말하면, 이미 화를 낸 자신을 부정해야 하는 모순적인 상황에 빠지게 됩니다.
포인트는 아래와 같습니다.

당황하지 말고, 평소와 같은 대화 톤을 유지할 것.

상대방의 감정적인 반응에 휘둘리지 않고, 여러분의 태연한 순류를 유지할 것.

이렇게 하면, 역류를 일으키던 상대방은 점점 더 스스로 모순을 느끼고 자연스레 힘을 잃게 됩니다. 상대가 더 화를 낸다 하더라도, 여러분의 차분한 태도가 그 감정을 흘려보내는 방패 역할을 할 것입니다.

가장 무서운 사람은
아쉬울 게 없는 사람이다

위에 말씀드렸듯 과거, 저는 라운지바에서 일을 했습니다. 그때 능숙한 영어 실력 덕분에 외국인 손님들과 스몰토킹도 즐기고, 단골 손님들도 늘어나면서 사장님께 많은 예쁨을 받았습니다. 그러다 보니 당시 매니저였던 형이 저를 탐탁지 않게 여기기 시작했습니다. 그는 저보다 직급은 높았지만, 일 능력 면에서는 제가 더 뛰어나다고 생각해서인지 저를 질투하고 경계하기 시작했죠.

그 형은 대놓고 시비를 걸거나 쓸데없는 꼬투리를 잡으며 저를 괴롭혔습니다. "야, 너 똑바로 좀 해!", "말귀 더럽게 못 알아듣네 진짜" 같은 말로 몰아세우며 기싸움을 걸었습니다. 주변 동료들은 "형이 참으세요. 그냥 질투해서 그러는 거예요"라며 저를 위로했지만, 제 눈에는 그의 태도가 우습고 애처럼 보였을 뿐이었습니다.

어느 날, 모든 직원이 마감을 위해 청소를 마치고 있던 중이었습니다. 그 매니저가 공개적으로 저를 깎아내리려는 의도로 행동하기 시작했습니다.

"야! 야! 너 일로 와봐!"

"네?"

"여기로 와보라고."

"자꾸 '야'라고 부르지 마시고, 무슨 일이신데요?"

그는 얼굴을 붉히며, "이 싸가지 없는 XX가! 내가 너 친구냐? 내가 만만해 보이냐?"라며 몸을 툭툭 건드리기 시작했습니다.

이런 상황에서 가장 중요한 것은 절대 흥분하지 않는 것입니다. 세상에서 가장 무서운 사람은 아쉬울 게 없는 사람이라는 사실을 잊지 마세요. 저는 그 상황에서 절대 욱하거나 언성을 높이지 않았습니다. 대신, 편안한 미소를 머금고 차분히 대응했습니다.

"아니, 그래서 저보고 어떻게 하라는 거예요?"

제 말을 듣는 순간, 주변이 잠시 조용해졌습니다. 일하는 직원들이 모두 우리를 쳐다봤고, 저는 여전히 그 매니저와 눈을 똑바로 마주치고 있었습니다. 그는 당황한 기색을 보이며 "뭐? 너 XX 지금 뭐라고 그랬냐? 너 죽고 싶냐? 나와 봐!"라고 소리를 질렀습니다.

저는 여전히 침착한 표정을 유지하며 답했습니다.

"나가서 뭐 하시려고요? 그냥 여기서 말씀하세요."

제 차분한 태도에 그는 한숨을 푹 쉬더니, "야, 됐다. 다음부터 조심해라."라는 말을 남기고 자리를 떠났습니다.

이렇게 상대방이 시비를 걸어오더라도, 태연하게 아무렇지 않은 반응을 보이면 상대는 할 수 있는 게 점점 줄어듭니다. 상대가 민망함을 느끼거나 자신이 우스워 보이는 것을 깨닫게 만들 수 있습니다. 중요한 건 눈을 똑바로 마주하며 짧고 굵게 생각을 전하는 것입니다.

그날 이후로 그는 더 이상 저를 건드리지 않았습니다. 만약 제가 흥분하거나 언성을 높였다면, 상황은 완전히 달라졌을 겁니다. 하지만 제가 차분하게 대응했기 때문에 그는 더 이상 저를 건드릴 명분도, 의지도 잃었던 거죠.

**"아무리 그래도 직급이 높고 형인데
그렇게 대응하는 건 예의 없는 행동 아닌가요?"**

이런 이야기를 하면 항상 듣는 질문입니다.

"아무리 그래도 형인데, 그러면 안 되는 거 아닌가요?"

"직급이 높은 사람인데, 그렇게 행동하면 예의 없는 거 아닌가요?"

이 질문을 하는 분들에게 저는 묻고 싶습니다.

"아무리 나이가 많고 직급이 높다고 해서 함부로 대하고 막말하는 건 예의 있는 행동인가요?"

나이가 많거나 직급이 높다고 해서 기본 예의를 지키지 않고 상대를 깎아내리는 행동이 절대 정당화될 수 없습니다. 저 역시 그 매니저에게 기본적인 예의를 지켰습니다. 하지만 상대가 그 예의를 무시하고 선을 넘으려 한다면, 단호하게 대응하는 것도 자기 자신을 지키는 데 필요한 태도입니다. 상대방이 누구든 간에, 스스로를 지킬 수 있는 태도를 가지는 것이 중요합니다.

'예의'에 대해 많은 사람들이 잘못된 인식을 가지고 있는 것 같습니다. 특히 한국 사람들 사이에서는 예의를, 나이 많은 사람이나 상사 같은 이들이 무슨 말을 하든 무조건 굽신거리며 "네, 네" 하고, 지시하면 곧바로 따르는 것이라 여기는 경우가 많습니다. 하지만 이런 과도한 대처는 단지 형식적인 것일 뿐, 진정한 예의라고 할 수 없습니다.

진정한 예의란 '나도 주인공이고, 너도 주인공이다'라는 마음에서 비롯됩니다.
나만 주인공이고, 다른 사람들은 조연이나 아랫사람처럼 여겨 함부로 대한다면, 그 사람부터가 이미 예의를 모르는 사람입니다. 공자는 '예가 없는 사람에게 예로 대할 필요가 없다'고 말했습니다. 이 점을 꼭 기억하시기 바랍니다.

어른이 어른답지 않고, 형이 형답지 않으며, 선배가 선배답지 않다면, 그런 사람을 굳이 예의로 대할 필요는 없습니다. 예의란 그것을 받을 자격이 있는 사람에게만 하는 것입니다. 먼저 예를 지키지 않는 사람에게까지 가짜 예절을 보이며 굽신거리는 실수를 범하지 않기를 바랍니다.

나를 이유 없이 싫어하는 사람 대처법

살다 보면 이유 없이 나를 싫어하는 사람을 마주할 때가 있습니다. 내가 잘못한 것도 없고, 딱히 피해를 준 적도 없는데, 어떤 사람이 나를 싫어하는 느낌이 들면 당황스럽기도 하고 억울하기도 하죠. 하지만 딱히 뭐라 말하기도 애매합니다. 왜냐하면 이것이 실체가 있는 게 아니라, 순전히 나 혼자만의 느낌이기 때문입니다.

누군가가 나를 싫어하는 이유는 크게 세 가지로 나눌 수 있습니다.

첫 번째 이유는 개인적인 취향입니다.

저 같은 경우, 웬만하면 특정한 사람을 싫어하는 경우는 거의 없습니다. 하지만 유일하게 싫어하는 사람이 있다면, 바로 길거리에서 담배를 피우며 걷는 사람입니다. 지금도 생생히 기억나는 일이 있는데, 초등학교 때 길을 걷다가 앞에 있던 어떤 아저씨가 담배를 피우며 걸어가는 바람에, 그 담뱃불이 제 얼굴에

닿았습니다. 순간 엄청나게 뜨겁고 고통스러웠죠. 비명을 질렀는데, 그 아저씨는 사과는커녕 저를 향해 욕을 하면서 "눈 똑바로 뜨고 다녀, 이 XX야!"라고 오히려 화를 냈습니다.

이후로 길거리에서 담배를 피우는 사람을 보면 이유 없이 거부감이 들고 피하고 싶어집니다. 물론 길에서 담배를 피우는 사람이 모두 그렇지는 않겠지만, 제게 있어 이런 경험은 그들에 대한 거부감을 형성하는 계기가 되었던 거죠.

여러분도 살면서 이유 없이 싫은 사람이 꼭 한 명쯤 있었을 겁니다. 딱히 나에게 피해를 준 것도 아닌데, 괜히 불편하고 가까이 하기 싫은 사람 말이죠. 저 역시 그런 경험이 있었습니다. 나랑 아무 상관도 없는데 그저 그 사람이 싫고, 말도 섞기 싫었던 적이요. 그 사람의 말투나 외모, 행동이 나에게 피해를 준 것은 아니었지만, 그저 불편한 느낌에 일부러 피했던 적이 있었습니다.

그렇다면, 반대로 저를 이유 없이 싫어하는 사람도 분명히 있을 거라는 뜻이겠죠.

제가 유튜브를 4년째 하면서 많은 구독자분이 생기고, 좋아해 주시는 분들도 많아졌습니다. 하지만 그에 못지않게 악플도 많이 달렸습니다. 물론 제가 이야기한 내용에 공감하지 못해서 악플을 다는 건 이해가 갑니다. 하지만 제 외모와 말투가 싫다는 이유로 악플을 다는 경우도 있더군요.

"머리를 왜 삭발했냐?", "얼굴이 재수 없게 생겼다.", "목소리가 느끼하다.", "눈빛이 마음에 안 든다." 같은 내용이었죠. 다행히 저는 이런 악플에 상처를 받거나 우울해하지 않습니다. 왜냐하면, 사람은 누구나 저마다 다른 성장 환경과 가치관 속에서 자랐기에, 같은 것을 보아도 각자의 시각이 다를 수밖에 없기 때문입니다.

따라서 누군가가 여러분을 이유 없이 싫어한다고 해서 거기에 상처받거나 주눅 들 필요는 없습니다. 내가 어떻게 행동하든 나를 싫어하는 사람은 존재한다는 사실을 인정하세요. 모든 사람이 나를 좋아하는 것은 불가능할뿐더러, 바람직하지도 않습니다.

제 종교가 기독교는 아니지만, 예수님을 예로 들어보겠습니다. 예수님은 많은 기적을 행하시고, 연설만 하면 수천 명의 군중이 몰려들 정도로 존경받으셨습니다. 그러나 그를 싫어하는 세력도 존재했죠. 결국 예수님은 그들을 위해 십자가에 못 박히는 비극을 겪으셨습니다. 이처럼 예수님 같은 성인조차 싫어하는 사람들이 있었다면, 하물며 우리 같은 평범한 사람들은 말할 것도 없겠죠.

저는 어렸을 때부터 누군가가 저를 이유 없이 싫어한다면 이렇게 생각했습니다.

"아, 그냥 내가 싫은가 보다."

모두가 나를 좋아할 수는 없습니다. 따라서 여러분도 누군가가 여러분을 이유 없이 싫어할 수 있다는 점을 기억하길 바랍니다.

두 번째는 나만의 착각입니다.

살다 보면 누군가가 나를 이유 없이 싫어하는 것 같아 당황스러운 경험을 할 때가 있습니다. 내가 뭔가 잘못했나 싶어 억울하기도 하고, 딱히 뭐라고 하기에도 애매하죠. 하지만 사실 누군가가 나를 싫어하는 데는 대부분 이유가 있습니다. 문제는 우리가 그 이유를 인식하지 못하거나, 상대방의 입장을 헤아리지 못한 채 지나칠 때 생깁니다.

저는 과거에 이런 경험을 두 번 한 적이 있습니다.

첫 번째는 군대 전역 후 종로의 영어학원에 다녔을 때입니다. 당시 저는 반에서 막내였고, 다른 수강생들과는 잘 어울렸습니다. 수업이 끝나면 함께 밥을 먹거나 맥주를 마시러 가곤 했죠. 그런데 한 누나가 저를 유독 싫어하는 티를 냈습니다. 인사를 해도 받지 않고, 대화 중에도 의도적으로 저를 무시하는 듯한 행동을 했습니다. 제 입장에선 딱히 뭘 잘못한 기억도 없었기에, '그냥 내가 싫은가 보다' 하고 넘기고 있었습니다.

그러다 몇 개월 후, 수업이 마무리될 때쯤 우연히 단둘이 있게 된 기회가 생겼습니다. 조심스럽게 "혹시 제가 뭔가 잘못한 게 있었나요?"라고 물었더니, 그 누나는 어이없다는 듯 "너 진짜 몰라서 물어?"라고 반문했습니다. 알고 보니, 첫 수업 이후 영어

학원 복도에서 그 누나가 저를 보고 이름을 부르며 손을 흔들었는데, 제가 못 본 채 지나쳐 버렸던 겁니다. 사실 저는 시력이 나빴지만 안경 없이 다녔고, 주변을 잘 신경 쓰지 않는 편이라 그런 일이 벌어진 거였죠. 하지만 누나는 친구들 앞에서 무시당한 기분이었고, 이후로 저를 싫어하게 됐던 겁니다. 상황을 듣고 나서 저는 진심으로 사과했고, 간신히 오해를 풀 수 있었습니다.

두 번째 사례는 제가 목수로 일할 때의 일입니다. 같은 팀에 있던 후배가 저를 유독 피하는 듯한 태도를 보여서, 회식 자리에서 진지하게 물어본 적이 있습니다. 그 후배는 제게 이렇게 말했습니다.

"형은 잘못된 걸 지적할 때 항상 밖으로 나와보라고 하시잖아요. 그게 저는 너무 불편했어요." 저는 사람들이 있는 앞에서 창피를 주고 싶지 않아서 일부러 1:1로 조용히 이야기한 거였는데, 그 후배는 오히려 그것이 더 큰 스트레스로 다가왔던 겁니다. 그 후배의 입장에서는 여러 사람 앞에서 혼나는 것보다, 1:1로 지적받는 것이 더 무섭고 경직되는 일이었던 거죠.

그 이야기를 듣고 저는 깜짝 놀랐습니다. 제가 배려라고 생각한 행동이 상대방에게는 정반대로 느껴질 수도 있구나 싶었죠. 결국 저는 진심으로 사과하며, 앞으로는 말과 행동을 더 신중히 하겠다고 약속했습니다.

이처럼 내가 아무리 좋은 의도로 한 행동도 상대방에게는

불쾌하게 받아들여질 수 있습니다. 그리고 이러한 오해는 우리가 인지하지 못한 채 쌓이게 되죠. 만약 누군가가 여러분을 이유 없이 싫어하는 것 같다면, 먼저 스스로에게 "내가 무언가 잘못했을 가능성은 없을까?"를 물어보는 것이 중요합니다. 가장 확실한 방법은 당사자에게 직접 물어보는 것입니다. 그 과정에서 의외의 답변을 들을 수도 있고, 자신이 미처 알지 못했던 잘못을 깨달을 수도 있습니다.

우리는 모두 완전하지 않은 인간입니다. 누구나 실수할 수 있고, 누군가에게 상처를 줄 수도 있습니다. 중요한 건, 그 실수를 인정하고 관계를 개선하려는 노력입니다. 이런 태도야말로 더 성숙한 인간관계를 만드는 데 도움이 될 것입니다.

세 번째는 초두효과입니다.

사람의 첫인상은 단 3초 만에 결정된다고 합니다. 그리고 이 첫인상이 부정적일 경우, 이를 뒤집기 위해선 약 200배의 정보량이 필요하다고 하죠. 이는 "초두효과(Primacy Effect)"의 대표적인 예로, 처음 받은 정보가 이후의 판단에 얼마나 강력한 영향을 미치는지를 보여줍니다.

예전에 살던 아파트에서 겪었던 일이 떠오릅니다. 같은 동라인에 사는 한 아저씨가 있었는데, 팔과 다리에 문신이 가득하고 늘 불량한 자세로 담배를 피우며 길바닥에 침을 뱉는 모습을 보면서 자연스럽게 그를 꺼리게 됐습니다. 제게는 "보기 싫은 이웃"으로 강렬하게 각인된 사람이었죠.

그러던 어느 날, 제 아이와 함께 엘리베이터 근처에서 그 아저씨를 마주쳤습니다. 예상과 달리 그는 환한 미소를 지으며 아이에게 다정하게 말을 걸고 예뻐해 주었죠. 그 모습을 보고 적잖이 놀랐습니다. 온몸에 문신이 가득한 불량스러운 이미지 뒤에 아이를 진심으로 예뻐하는 따뜻한 면이 있다는 것을 깨달았거든요. 이후로 그에 대한 경계심이 조금씩 누그러졌습니다.

하지만 참 신기한 일이었습니다. 그의 자상한 모습에도 불구하고, 첫인상의 부정적 이미지를 완전히 바꾸기는 어려웠습니다. 다시 혼자 담배를 피우며 길바닥에 침을 뱉는 모습을 보면, 여전히 그에 대한 부정적인 감정이 올라왔으니까요. 초두효과의 힘이 얼마나 강력한지 다시 한번 느낄 수 있는 경험이었습니다.

그 아저씨의 입장에서는 제가 특별한 이유 없이 자신을 싫어한다고 느꼈을 가능성이 큽니다. 본인은 자신의 행동에서 문제가 있다고 느끼지 못했을 테니까요. 오히려 아이에게 다정하게 대했는데도 제가 여전히 무뚝뚝한 반응을 보이면, 불쾌했을지도 모릅니다. 이런 사례처럼, 우리가 누군가의 첫인상을 스스로 나쁘게 결정지었을 수도 있다는 점을 한 번쯤 생각해보는 것도 중요합니다.

만약 관계를 개선하고 싶다면, 직접 상대에게 물어보는 것도 하나의 방법입니다. "혹시 제가 첫인상을 안 좋게 드렸나요?"라며 솔직하게 물어보고 오해를 풀 수 있다면 더할 나위 없겠죠. 하지만 그런 노력조차 하고 싶지 않다면, '그냥 나를 싫어하나 보다'라고 생각하며 마음을 편하게 먹는 것도 방법입니다. 세상의 모든 관계를 완벽히 관리하려는 건 불가능하며, 그런 시도는 우리를 더욱 지치게 할 뿐입니다.

나 또한 언제든 필요에 따라 '나쁜 인간'이 될 수 있음을 기억하세요.
나만의 확실한 경계선을 침범하는 상대에게
자비를 베풀 필요는 없습니다.

3장

피할 수 없는 직장 내
인간관계 대처법

피할 수 없는 직장 내 인간관계
스트레스, 어떻게 해야 할까요?

직장생활은 대부분의 사람에게 가장 큰 스트레스 원인이 될수 있습니다. 단순한 일상 속의 무례함과는 달리, 직장에서의 무례함은 피할 수 없고 지속적으로 맞닥뜨려야 하는 현실이기 때문이죠. 일상에서의 인간관계는 내가 회피하거나 끊으면 그만이지만, 직장에서는 생계, 가족, 미래가 달려 있기 때문에 쉽지 않습니다. 그렇기에 직장에서의 인간관계는 다른 차원의 대처법을 요구합니다.

많은 사람들이 직장에서 이렇게 생각해 본 적이 있을 겁니다.
"저 인간만 없으면 출근할 맛 나겠다."
"다른 부서로 옮길 수만 있다면 스트레스가 훨씬 줄 텐데."
"싫은 상사만 떠난다면 직장생활이 훨씬 나아질 거야."

하지만 현실은 그렇지 않습니다. 한 사람을 피한다고 해서 문제 자체가 사라지지는 않습니다. 어떤 직장이든, 어느 부서든 스트레스를 주는 사람은 늘 존재하기 마련입니다. 그러니 특정

인물이 없어지기를 기다리며 시간을 낭비하기보다는, 다양한 유형의 인간을 대처하고 관리할 수 있는 능력을 기르는 것이 더욱 중요합니다.

몇 년 전, 제가 사는 지역의 한 대기업에서 비극적인 사건이 있었습니다. 한 수석 디자이너가 직장 상사의 과도한 스트레스로 인해 극단적인 선택을 했던 사건이죠. 대기업 수석 디자이너라는 직책은 뛰어난 실력과 학문적 배경을 가진 인재가 오르는 자리입니다. 그럼에도 불구하고, 사람으로 인한 스트레스가 얼마나 심했으면 두 아이의 아버지이자 가장인 그가 생을 포기했을까요?

이 일은 직장에서의 스트레스가 단순히 불편한 감정 이상의 문제임을 여실히 보여줍니다. 따라서 좋은 직장에 들어가기 위해 노력하는 것만큼, 어떤 상황과 사람을 만나더라도 버틸 수 있는 내면의 강인함을 기르는 것이 중요합니다.

직장을 제대로 이해하기 위해선 그 본질부터 짚어봐야 합니다. 직장의 궁극적인 목표는 이윤 창출입니다. 전 세계 모든 회사는 대기업이든 소기업이든 간에 수익을 극대화하기 위해 존재합니다. 직원을 고용하는 이유도 단 하나입니다. 회사의 이윤을 위해 그들의 노동력을 사용하는 것이죠.

이 과정에서 회사는 감정을 배제하고 철저히 냉정하게 판단합니다. 직원 한 명 한 명은 회사의 입장에서 "투자 대비 효과"로 평가됩니다. 만약 회사가 판단했을 때, 여러분이 월급만큼의 가치를 창출하지 못한다고 느낀다면 가차 없이 해고될 가능성이 높습니다. 만약 원숭이가 여러분보다 더 높은 생산성을 가진다고 가정해보세요. 회사는 감정 없이 원숭이를 고용하고 여러분을 내보낼 것입니다.

결국 직장은 인간적인 온정이나 아량을 기대하기 어려운 곳입니다. 회사는 자선단체가 아니며, 직원들에게 기대하는 건 단하나, 이윤을 만들어내는 것입니다.

"그러면 회사에서 처음 일을 배울 때
아무리 나를 부당하게 대하고 함부로 대해도
무조건 참고 다니라는 이야기인가요?"

이 질문에 대한 답은 두 가지 관점에서 나눠서 생각해볼 수 있습니다.

1. 회사의 비전이 없는 경우

만약 여러분이 다니는 회사가 특별히 오래 다닐 생각도 없고, 비전이 없으며, 본인이 그만두더라도 별로 아쉬울 게 없는 직장이라면 부당함을 참고 견딜 필요는 없습니다. 참고 다니는 것 자체가 낭비일 가능성이 크기 때문입니다.

2. 회사의 비전이 있는 경우

반면에, 회사가 자신이 목표로 삼았던 곳이거나 배울 점이 많고, 장기적으로 성장할 가능성이 높은 직장이라면 초반의 부당함은 어느 정도 참고 견딜 필요가 있습니다. 일이 익숙하지 않은 초기에는 자존심이 상하는 일이 있더라도 배우는 과정이 반드시 필요합니다. 성장한 모든 사람은 이처럼 자존심을 숙이고 배우는 과정을 거쳤습니다.

단, 참고 배운다는 것이 비굴하게 행동하라는 의미는 아닙니다. 예의와 존중은 유지하되, 필요 이상으로 자신을 낮추는 것은 지양해야 합니다.

직장이란, 반드시 넥타이를 매고 사무실에서 일하는 공간만을 의미하지는 않습니다. 작은 회사, 적은 급여를 받는 아르바이트, 심지어 편의점 같은 일터라도 마찬가지입니다.

직장에서 일을 하는 순간, 여러분은 그 분야의 프로가 되어야 할 의무가 있습니다. 이런 프로마인드는 직장에서의 존중을 받을 수 있는 기본적인 태도이기도 합니다.

예를 들어, 접시를 닦는 일을 한다면, 단순히 대충 시간만 때우는 것이 아니라 더 깨끗하고 효율적으로 닦는 방법을 고민해야 합니다.

식당에서 서빙을 할 때도 영혼 없이 무표정으로 일하지 말고, 손님을 더 친절하게 대할 수 있으며, 효율적으로 서비스를 할 수 있는 방법을 고민해야 합니다.

이런 태도가 쌓이면, 직장은 단순히 돈을 버는 곳이 아니라 프로마인드를 연습하며 성장하는 장이 될 수 있습니다.

"어차피 나는 직원인데 그렇게 프로마인드로
일한다는 건 사장에게만 좋은 일이 아닌가요?

내 회사도 아닌데 그렇게까지 할 필요는 없잖아요.
나중에 내 사업을 할 때
그런 마인드로 하면 되지 않을까요?"

이런 질문도 자주 들어옵니다. 하지만 저는 이렇게 반문하고
싶습니다.

"그런 작은 회사에서 맡은 사소한 업무조차, 단순한 아르바
이트조차 프로처럼 해내지 못하는 사람이 과연 자기 사업을 시
작했을 때 프로처럼 일할 수 있을까요?"

직장생활을 하면서 매사에 불평불만을 하고 억지로 하루를 때우는 사람이라면, 1년이 지나고 10년이 지나도 변함없이 똑같은 하루를 반복할 가능성이 큽니다. 반대로 아무리 사소하고 작은 일이라도 적극적으로 해내려는 태도를 가진 사람, 문제를 해결하기 위해 고민하고 노력하는 사람이라면, 10년 후에는 완전히 다른 삶을 살 가능성이 높습니다. 또한, 회사의 입장에서도 두 사람을 동일하게 대할 리가 없습니다.

불평불만이 가득한 직원은 그저 시간을 채우는 사람으로 남을 것이고, 문제를 해결하고 책임감을 보이는 직원은 필요한 인재로 평가될 것입니다.

결국, 작은 직장에서라도 프로처럼 행동하는 태도가 쌓여 미래의 자신을 만들어갑니다. 직장은 단순히 돈을 버는 곳이 아니라, 자신의 태도와 실력을 시험하고 갈고닦는 곳임을 기억하시길 바랍니다.

직장에서 최대한 스트레스를 덜 받는 2가지 방법

　제가 중학교 2학년 때 처음 시작한 일이 피자가게 아르바이트였습니다. 당시 제 역할은 주방에서, 피자를 만들기 위한 밀가루 반죽을 저울로 일정량씩 재서 덩어리로 만드는 일이었는데요. 일을 반복하다 보니 자연스럽게 이런 고민이 생겼습니다. "어떻게 하면 더 빠르고 정확하게 무게를 재서 반죽을 떼어낼 수 있을까?"

　고민 끝에 주방에서 사용하던 공기밥 그릇에 주목하게 되었습니다. 그릇을 밀가루 반죽으로 꽉 채우면 피자 한 판에 필요한 반죽의 정량이 딱 맞는다는 것을 발견한 거죠. 이를 활용해 효율성을 높일 방법을 생각해냈습니다. 사장님께 이 아이디어를 제안드렸고, 공기밥 그릇 10개를 담을 수 있는 큰 판을 만들어 달라고 부탁드렸습니다. 그렇게 반죽을 만들자마자 공기밥 그릇에 딱 맞게 담아 빠르고 정확하게 작업을 진행할 수 있었습니다.

　중학교 2학년이라는 어린 나이에 고민하고 해결책을 찾아낸 이 경험은 지금 40대가 된 지금까지 엄청난 영향을 미치고 있습니다. 일을 단순히 주어진 대로 반복하지 않고, 더 나은 방법을 찾아 고민하고 개선하려는 자세가 직업적인 성장뿐만 아니라 제 삶 전체에 긍정적인 영향을 끼친 것이죠.

이처럼 프로마인드를 가지고 일을 한다는 것은 단순히 사장을 위해서가 아닙니다. 이는 바로 자신의 미래를 위한 투자이자, 직장에서 존중받는 사람이 되기 위한 핵심 태도입니다.

아무리 사소하고 단조로운 일이라도, 매일 "어제보다 오늘 더 나아지자"는 마음가짐으로 임한다면, 그 사람은 직장이 아닌 어디에서든 크게 성장할 것입니다.

지금까지는 직장의 의미에 대해 이야기했으니, 이제 직장에서 최대한 스트레스를 덜 받는 두 가지 방법 중 첫 번째를 살펴보겠습니다.

첫 번째, 직장에서는 오로지 나의 성장만을 생각할 것

"직장에서 오로지 나의 성장만을 생각하라고요?
그건 너무 이기적인 거 아닌가요?"

많은 사람들이 "나는 회사를 위해 일한다"라고 말하지만, 사실 내가 성장하는 것이 회사의 성장에도 기여합니다. 나의 성장이 곧 회사에 이익이 되는 거죠. 여기서 말하는 "나의 성장"만을 생각하라는 것은 오직 나만을 바라보고 이기적으로 행동하라는 뜻이 아닙니다. 직장은 공동체이기에 양보할 때는 양보하고, 도와줄 때는 도와줄 줄 알아야 합니다. 그러나 결국 중요한 것은 내가 성장하는가에 대한 끊임없는 고민입니다.

제가 서른 중반이라는 나이에 목수일을 배우기로 결심했을 때를 떠올려봅니다. 이전에 해보지 않은 전혀 새로운 분야였고, 이미 늦은 나이에 시작한 만큼 쉽지 않았습니다. 같은 팀 선배들은 대부분 50~60대였고, 성격도 거칠고 까다로웠죠. 욕설은 기본, 고함은 일상이었습니다. 그 과정에서 자존심이 많이 상했지만 저는 이를 견뎌냈습니다.

특히 저를 전담했던 사수는 "너는 왜 이렇게 일머리가 없냐?", "말귀를 왜 못 알아듣냐?", 심지어 "목수일에 재능이 없어 보인다, 그만두는 게 낫겠다"는 말까지 했습니다. 하지만 저는 이렇게 생각했습니다. "이 선배에게 배울 것이 있다. 그러니 참을 만한 가치가 있다."

"그렇게까지 비굴하게 굴 필요가 있을까요?
자존심도 없나요?
서른중반이면 어린 나이도 아니었는데요."

맞습니다. 그렇게까지 비굴하게 굴면서 아부를 떠는 것이 가치가 있었습니다. 왜냐하면, 그 선배로부터 배울 것이 있었기 때문입니다. 비록 욕을 먹고 무시당했지만, 그는 제가 목수로서 성장할 수 있는 기술과 경험을 제공해주었습니다.

그래서 저는 이렇게 생각했습니다.

"실컷 무시하고 뭐라고 해라. 나는 당신으로부터 배울 것 다 배우고 성장하겠다!"

"당신도 처음부터 잘했을 리 없다. 나도 곧 성장할 것이고, 그때는 이런 모욕도 끝날 것이다."

이런 마음가짐으로 일하다 보니, 욕설이나 무시에도 스트레스가 크게 오지 않았습니다. 오히려 저를 성장시키는 자극제로 받아들였죠. 포인트는 이것입니다.

일할 때 여러분의 성장 여부에만 모든 포커스를 맞추세요. 여러분이 얼마나 성장하고 발전하는지를 중심에 두면, 직장에서의 스트레스는 눈에 띄게 줄어듭니다. 결국, 여러분의 발전은 회사뿐 아니라 스스로의 미래에도 이득이 되는 최고의 투자입니다.

두 번째, 직장에서는 어떠한 기대도 하지 말 것

직장에서 상처받는 가장 큰 이유 중 하나는 기대와 현실의 괴리입니다. 제가 대학교 시절, 한 신문사 계열 광고 스튜디오에서 인턴으로 일했던 경험이 이를 잘 보여줍니다. 당시 저는 인턴 기간 동안 열정적으로 일하며 모든 걸 쏟아부었습니다. 아침 일찍 나와 청소하고, 카메라와 조명을 정리하며, 선배들이 짐을 들고 나갈 때마다 가장 먼저 나섰습니다. 야근도 군소리 없이 했고, 무엇이든 맡겨만 달라고 할 정도로 최선을 다했죠.

그 결과, 선배들에게서 많은 칭찬을 들었고, 객관적으로 봐도 저만큼 열심히 하는 인턴은 없었습니다. 그래서 저는 두 달 뒤 인턴 기간이 끝나면 당연히 정직원이 될 거라고 믿었습니다.

그러나 결과는 충격적이었습니다. 제가 아닌, 저보다 열심히 하지 않았던 인턴이 정직원이 되었죠. 알고 보니 그는 회사 계열사 임원의 조카였다는 것을 나중에 알게 되었습니다.

이 사건으로 느낀 절망감은 이루 말할 수 없었고, 내가 왜 그렇게 열심히 했는지 회의감마저 들었습니다. 하지만 이런 일이 비단 저에게만 일어나는 건 아닙니다. 직장생활에서 우리는 종종 이런 기대의 배신을 경험하게 됩니다.

직장에서 가장 큰 스트레스는 내가 노력한 만큼의 보상이나 인정을 받지 못할 때 생깁니다.

열심히 일해 승진을 기대했지만, 승진하지 못했을 때
상사에게 잘 보이기 위해 희생하며 일했는데, 알아주지 않을 때
후임을 정성껏 도와줬지만, 그 후임이 나를 험담할 때

이처럼 기대가 충족되지 않을 때 우리는 스트레스를 받고 상처를 받습니다. 그러나 중요한 점은, 직장은 여러분의 노력을 100% 알아주고 보상해주는 곳이 아니라는 현실을 인정하는 것입니다. 직장은 일을 배우고 성장하는 공간일 뿐, 여러분의 모든 기대를 충족시키는 이상적인 장소가 아닙니다.

따라서 직장에서 관계로 인해 받는 스트레스를 최소화하고, 오로지 나의 성장과 발전에 집중하세요.

직장상사에게 무시당하지 않는 각 상황별 실전 대처법

직장에서 가장 스트레스를 주는 존재는 누가 뭐래도 직장 상사일 가능성이 큽니다. 회사는 이윤 극대화를 목표로 하는 조직이고, 그 목표를 이루기 위해 업무를 지시하고 피드백을 주는 사람이 바로 직장 상사이기 때문입니다. 따라서 상사와의 관계를 원만하게 유지하는 것은 직장생활에서 매우 중요한 요소입니다.

상사에 대한 불만은 다양합니다.

카리스마가 없어 답답하다.

지나치게 권위적이고 팀원들의 의견을 듣지 않는다.

무능력하거나 추진력이 부족해 보인다.

매사에 충동적이고 즉흥적이라 불안하다.

다만 상사가 마음에 들지 않는다는 이유로 불평과 불만만 늘어놓는 것은 여러분의 프로 마인드와 성장에 전혀 도움이 되지 않습니다.

상사가 부족해 보일 수 있지만, 조직에서 그 사람을 그 자리에 올린 이유는 분명히 있습니다. 평사원의 시각과 조직의 시각은 다를 수밖에 없습니다. 설령 그 상사가 마음에 들지 않아도, 상사의 장점을 배우고 흡수하는 것이 중요합니다.

상사도 각자의 경험과 이유로 현재의 위치에 있습니다. 그 사람이 가지고 있는 업무방식이나 가치관은 긴 세월 경험에서 나온 것이므로, 이를 무조건 부정하기보다는 각자의 차이를 인정하고 받아들이는 태도가 필요합니다. 잘 맞지 않는 상사와의 관계에서는 꼭 아래 3가지를 기억하세요.

반드시 업무를 중심에 두고 관계를 유지하세요. 상사와는 업무로 얽힌 관계입니다. 업무방식을 따르지 못하거나 일을 능숙하게 처리하지 못해 혼이 났다면, 이를 받아들이고 개선하려고 노력해야 합니다.

업무 외적인 무례함에는 단호하게 대처하세요. 만약 상사가 업무 외적인 문제로 무례하게 선을 넘거나 부당하게 대하는 경우라면, 이를 그대로 받아들일 필요는 없습니다. 냉정하게 선을 긋고 방어할 필요가 있습니다.

좋은 관계를 유지하되, 적정한 거리를 두세요. 상사와 나쁜 관계를 유지하는 것은 여러분에게 전혀 도움이 되지 않습니다. 친밀한 관계를 유지하지 못하더라도 최소한 불필요한 공격을 피할 수 있는 선에서 관계를 관리해야 합니다

직장에서 공격당하는
3가지 상황 대처법

지금부터 크게 3가지의 경우를 예를 들어보겠습니다

1. 내가 하지도 않은 일 때문에 공격을 받을 때

직장에서 자신이 하지도 않은 일 때문에 부당하게 혼나는 상황은 누구나 한 번쯤 겪어봤을 것입니다. 이런 경우, 어떻게 대처하느냐에 따라 이후 직장 내 관계와 신뢰도가 크게 달라질 수 있습니다. 아래는 잘못된 대처의 예시입니다

과장: "어이, 성 대리! 누가 보고서를 이딴 식으로 작성하라고 했어?"

성 대리: (당황하며 사과) "저... 과장님... 정말 죄송한데... 그 PPT가 제가 한 건 아닌 거 같아요..."

과장: "이거 어제 네가 이메일로 보낸 거 아니야?"

성 대리: (횡설수설) "그게... 어제 박 대리랑 야근은 같이 했는데... 제가 먼저 퇴근해서... 이메일은 제가 대신 보냈어요... 그

런데 PPT는... 아마도...”

여기에서 문제점은 아래와 같습니다.

첫 번째는 당황한 태도입니다. 자신감 없는 모습이 상대방에게 무능해 보이게 합니다.

두 번째는 사과의 남발입니다. 하지도 않은 일에 사과하면, 잘못을 인정하는 듯한 뉘앙스를 줍니다.

세 번째는 불필요한 설명입니다. 구구절절한 설명은 오히려 상대방이 말꼬리를 잡기 쉽게 만듭니다.

제가 1장에서 이야기를 한 적이 있습니다.

공격적인 사람에게는 여러분의 감정을 극단적으로 표현하지 말고 담담하게 할 것!

그리고 말투는 부드럽되, 짧고 단호하게 할 것!

그럼, 올바른 대처의 예를 보여드리겠습니다.

과장: “어이, 성 대리! 누가 보고서를 이딴 식으로 작성하라고 했어?”

성 대리: (부드럽게 미소 지으며) “네, 과장님. 무슨 일인가요?”

과장: “아니, 왜 PPT를 이렇게 엉망으로 만들었어? 너 입사 몇 년 차야? 부끄럽지도 않아?”

성 대리: (단호하게) “아, 과장님. 그 PPT는 제가 작성한 게 아닙니다.”

과장: “이거 어제 네가 이메일로 보낸 거잖아?”

성 대리: (또박또박 눈을 마주치며) "그건 박 대리가 작성한 PPT고요. 저는 대신 이메일만 보냈습니다. PPT 마지막 장에 박 대리 이름이 적혀 있습니다."

"너무 그렇게 단호하게 말한다면
다소 건방져 보일 수 있지 않나요?"

어떻게 보면 단호한 말투가 다소 건방져 보일 수는 있습니다. 하지만 "내가 하지 않은 것은 하지 않았다"라고 당당하게 말하는 것이, 우물쭈물하며 답답한 태도로 무능해 보이는 것보다 훨씬 낫습니다. 특히 직장에서는 명확하고 단호한 태도가 신뢰를 얻는 데 더 유리합니다.

방금의 예시처럼 이유 없이 공격받는 상황에서는 구구절절한 설명을 피해야 합니다. 너무 많은 설명은 오히려 상대방이 말꼬리를 잡아 끌고 갈 빌미를 줄 수 있습니다. 사실에 대해서만 짧고 간결하게 확인시켜주면 충분합니다.

"그 PPT는 박 대리가 작성한 것이고, 저는 이메일만 대신 보낸 겁니다." 이처럼 정확하게 자기주장을 하는 태도는 직장에서 매우 중요합니다.

이를 통해 상대방은 다음부터 여러분에게 함부로 말하거나 비난하기 전에 두 번 확인하고 신중하게 접근하게 될 것입니다.

결론적으로, 직장에서 중요한 것은 단호함과 명확함입니다. 필요할 때는 자신감 있는 태도를 유지하고, "안 한 것은 안 한 것"이라고 분명히 표현하는 것이 여러분을 보호하고, 나아가 더 이상 불필요한 공격을 받지 않게 하는 열쇠입니다.

2. 업무랑 전혀 무관한 불필요한 공격 혹은 참견을 할 때

직장에서 상사가 업무와 전혀 무관한 불쾌한 농담이나 잡담으로 선을 넘을 때가 있습니다. 물론 이런 상황은 귀찮고 기분 나쁘지만, 오히려 이를 잘 활용하면 앞으로 얕보지 못하게 만드는 계기가 될 수도 있습니다.

왜냐하면, 이런 행동은 제 3자가 봐도 상사의 잘못이며, 이 기회에 확실히 선을 그어주어야 하기 때문입니다.

잘못된 대응 사례는 아래와 같습니다.

상사: 김 대리~ 주말에 뭐하나? 남자친구 만나? 남자친구 만나면 보통 뭐하고 놀아?

대리: 아... 남자친구요? 음... 아마도 술 한잔 할 수도 있고, 영화도 볼 수도 있고... 잘 모르겠어요.

상사: 그런데 김 대리 요즘 너무 살쪘다... 쯧쯧쯧. 너무 심각한데? 그러면 남자친구가 싫어할 텐데... 그러다가 차이면 어쩌려고?

대리: 아... 그래요? 많이 쪄 보이나요? 제가 요즘 야식을 많이 먹어서 그런가...

상사: 계속 그렇게 살쪄봐라. 나중에 분명히 차일 거야. 요즘 날씬한 친구들이 얼마나 많은데?

대리: 남자친구 안 그래요... (기어들어가는 목소리)

이런 식의 대화는 우물쭈물하거나 자신감 없는 태도를 보여주는 전형적인 예입니다. 상사는 이러한 반응에서 재미를 느끼고, 계속 선을 넘으며 공격할 가능성이 높아집니다. 이와 같은 잘못된 대응의 결과로 상사의 무례한 행동이 반복될 수 있습니다.

해결방법은 간단합니다.

이럴 때는 "반응에 재미를 느끼는 연결고리"를 끊어야 합니다. 상사가 선을 넘는 무례한 질문이나 공격을 할 경우에는, 상사가 말을 마친 후 3초간 대화를 멈추고 그를 조용히 바라보세요. 이 침묵은 상대방에게 큰 위압감을 줄 수 있습니다. 이후 필요 이상으로 말을 길게 하지 말고, 단호하게 대화를 끝낼 수 있는 말을 하세요.

예를 들어서,

"아! 그냥 영화 한 편 볼 것 같아요."

"아, 네. 알겠습니다."

그리고 짧은 대답 후, 아무 일 없었다는 듯 자신의 업무를 계속하세요.

다시 상황을 돌려보겠습니다

상사: 김 대리~ 주말에 뭐하나? 남자친구 만나? 남자친구 만나면 보통 뭐하고 놀아?

대리: (3초간 침묵 후 부드럽게 미소 지으며) 아, 그냥 영화 한 편 볼 것 같아요.

상사: 그런데 김 대리 요즘 너무 살쪘다... 쯧쯧쯧. 그러면 남자친구가 싫어할 텐데... 그러다가 차이면 어쩌려고?

대리: (3초간 침묵 후 단호하게) 아, 네. 알겠습니다.

이렇게 잠깐의 의도적인 침묵을 활용하는 것이 핵심입니다. 이 침묵 이후 짧고 단호한 반응을 보이고, 곧바로 아무 일 없었다는 듯 본인의 할 일을 이어가세요. **무례한 공격이 들어왔을 때, 침묵은 상대에게 강력한 위압감을 줄 수 있습니다.**

정상적인 상사라면, 3초의 침묵 동안 스스로 여러 가지 생각에 빠질 것입니다.

"내가 괜히 물어봤나?"

"기분이 나빴나?"

"내가 좀 심했나?"

이 짧은 침묵으로 상사 스스로가 자신의 실수를 인지하고 신경 쓰게 만들 수 있습니다.

그 침묵 뒤 이어지는 말이 예의를 갖추되 단호하고 간결한 표현이라면, 상사는 안도감을 느끼면서도, 비슷한 사적인 무례한 질문은 다시 하지 않게 될 가능성이 높습니다.

또한, 여러분의 명확하고 담담한 반응은 상사로 하여금 추가 공격의 빌미를 제공하지 않는 방어막이 되어줄 것입니다. 이를 꾸준히 유지하면, 무례한 상사라도 더 이상 선을 넘지 않게 됩니다.

3. 불합리하거나 혹은 이해가 안 되는 이유로 공격할 때

직장에서 불합리한 이유로 공격받을 때 가장 중요한 것은 침착함과 당당한 태도입니다. 과거 라운지바에서 일을 할 때 제가 겪었던 일로 이를 설명해볼게요.

제가 알바생에서 총괄매니저가 된 지 얼마 되지 않았을 때의 일입니다. 평소와 같이 오후 6시에 출근해 새벽 3시까지 일을 마치고 퇴근했어요. 다음 날도 6시에 출근해 오픈 준비를 하고 있었는데, 사장이 저를 불러 앉히더니 다짜고짜 화를 내기 시작했습니다.

사장: "야! 너 계속 그딴 식으로 일할래?"
나: "무슨 일이시죠?"
사장: "무슨 일이시죠? 와, 완전 뻔뻔하네. 너 어제 왜 그랬어?"
나: "제가 뭘 잘못했는지 정확히 말씀해 주시겠습니까?"
그러자 사장은 한숨을 푹 쉬며 이렇게 말했죠.
사장: "너 출근 시간이 몇 시야?"
나: "6시요."
사장: "근데 어제 왜 9시에 출근했어? 매니저 되더니 눈에 뵈는 게 없지? 내가 CCTV 다 봤어. 거짓말하지 마."

순간 당황했지만, 곰곰이 생각해 보니 어제 9시쯤 현금이 모자라서 급히 다른 가게에 현금을 빌리러 나갔던 기억이 떠올랐습니다. 이를 알고 난 뒤 저는 차분히 설명했어요.

나: "아, 그거 보신 거군요. 제가 9시에 잠깐 현금을 빌리러 나간 거예요. 출근은 6시에 했고, CCTV를 돌려보시면 제가 몇 시에 출근했는지 확인하실 수 있을 겁니다."
제 말에 사장은 당황하기 시작했고, 이를 본 다른 알바생들

도 "사장님, 매니저 형 어제 6시에 출근한 거 맞아요"라고 확인해줬습니다. 사장은 CCTV를 다시 돌려본 후에야 오해가 풀렸고 상황은 끝났습니다.

하지만 만약 제가 그 자리에서 당황하며 소극적으로 반응했다면 상황은 달라졌을 겁니다.

예를 들어,

나: "네? 아... 아니에요... 제가 분명 6시에 출근했어요. 정말이에요..."

이런 식으로 어버버거리거나 자신 없는 태도를 보였다면, 사장은 더 화를 내고 공격했을 가능성이 큽니다.

이럴 땐 아래의 대처법을 기억하세요.

첫 번째는 침착함을 유지하는 것입니다. 불합리한 공격일수록 감정적인 반응은 금물입니다.

두 번째는 사실 중심의 설명을 하는 것입니다. 불필요한 변명 대신, 사실만 짧고 명료하게 전달하세요.

세 번째는 당당한 태도를 보여주는 것입니다. 억울한 상황일수록 자신감 있는 행동과 목소리로 대응하세요.

불합리한 공격을 받을 때, 떳떳하다면 더더욱 당당해야 합니다. 그런 태도가 상대방에게 "더는 얕보지 말라"는 메시지를 간접적으로 전달할 수 있습니다.

제가 만든 말 중 정말 마음에 드는 말이 있습니다. 바로 "이해하지 못할 권리"입니다.

영문을 알 수 없는 이유로 공격을 해오는 상대에게 즉각적으로 대답할 의무는 없습니다. 또한, 그 사람의 역류(감정적 반응)에 같이 휩쓸려서 반응해 줄 필요도 없죠. 가장 중요한 것은 나의 순류를 지키며 침착하게 대응하는 것입니다.

직장 텃세의 실체와 대처법

텃세란, 조직이나 집단에서 먼저 자리를 잡은 사람들이 새로 들어오는 사람에게 부리는 특권 의식이나 이를 기반으로 한 행동을 말합니다. 개인적으로 텃세는 없어져야 할 썩은 마인드라고 생각합니다.

사람들은 기본적으로 처음 보는 상대에게 경계심을 느낍니다. 그리고 그 사람이 자신들의 집단에 어울리지 않거나 조금이라도 거슬린다면 배척하는 경향이 있습니다.

특히, 새로 온 사람이 특별히 잘생기거나 예쁘거나, 능력 면에서 두드러지는 점이 있다면 경계심은 더 심해지기도 하죠.

노숙자들 사이에서도 비슷한 텃세를 목격한 적이 있습니다. 지하철역에서 새로 노숙하려는 사람이 나타나면, 기존의 노숙자들이 자신들의 구역이라며 배척하고 위협을 가하는 모습을 봤습니다.

사실 그 구역이 그들의 소유가 아닌데도, 같은 처지의 사람끼리조차 경계심에 서로를 배척하는 모습을 보며 쓸쓸했던 기억이 납니다.

사진 동호회와 같은 친목 모임에서도 텃세는 드러납니다. 오래 활동한 기존 멤버들이 새로 온 사람에게 거리감을 주며, 자신들만의 친밀함을 과장되게 드러내는 경우를 자주 봤습니다. 마치 자신들의 끈끈한 유대감을 과시하려는 욕구처럼 보이기도 했죠.

이런 텃세는 단순한 사회적 문제라기보다는 인간 본능에서 비롯된 심리적 방어기제로 볼 수 있습니다. 새로운 사람에게 느끼는 경계심과 자신들의 안전한 영역을 지키려는 심리는 인종, 국가, 세대를 넘어 공통적으로 나타나는 현상입니다.

하지만 제가 생각하는 텃세의 정의는 다릅니다. **텃세는 실체가 없는 신기루에 불과합니다.** 텃세로 인해 위축되거나 스트레스를 받을 필요가 없다는 이야기입니다. 위에도 언급드렸듯, 텃세는 단지 사람들이 낯선 환경에 적응하며 겪는 일시적인 심리적 방어기제일 뿐입니다.

처음 새로운 환경에 들어가면 모든 게 낯설고, 기존 구성원들 사이에 낀 것 같은 느낌이 들 수밖에 없습니다. 하지만 이 느낌을 과장해서 받아들이는 순간, 텃세는 실체를 가진 문제로 변합니다.

하지만 여러분이 어느 집단에 들어가든, 다음 세 가지를 마음에 새겨두신다면 웬만한 텃세는 충분히 이겨낼 수 있을 거라 믿습니다.

1. 사실 알고 보면 저 사람들은 그렇게 친하지 않다

제가 아르바이트를 처음 시작했던 20살 무렵, 어느 호프집에서 겪었던 경험입니다. 규모가 꽤 큰 가게였는데, 사장과 매니저를 포함해 서빙하는 형 누나들이 7~8명 정도 있었습니다. 모두 20대 중후반으로, 이제 막 고등학교를 졸업한 제가 막내로 들어가니 아무도 저에게 말을 걸지 않았습니다. 마치 제가 없는 사람인 듯, 귀찮은 존재가 들어왔다고 느끼는 듯한 태도였습니다.

가게에서는 서로 알 수 없는 용어를 쓰며 체계적으로 움직였고, 일하는 와중에도 자기들끼리 장난치고 웃으며 정말 친밀한 모습만 보였습니다.

반면, 제가 실수하거나 말을 못 알아들으면 짜증을 내거나 퉁명스럽게 반응했고, 일을 체계적으로 알려주지도 않은 채 "네가 보고 배워라"라는 태도였습니다. 이런 분위기에 첫날부터 일을 그만두고 싶은 마음이 들었습니다. 테이블 번호도 헷갈리고, 가게 시스템도 이해가 안 되고, 나이 차이까지 있으니 모든 것이 힘들게 느껴졌습니다.

하지만, '첫날부터 그만두면 창피하니까 일단 1주일은 버텨보자'라고 다짐하며 다시 출근했습니다. 다음 날도 여전히 형 누나들은 자기들끼리 웃으며 일했고, 저는 점점 '그래, 너희끼리 실컷 재밌게 해라'는 마음으로 긴장감을 내려놓았습니다.

그러면서 '이왕 그만두는 거, 일 못하는 이미지로 남고 싶진 않다'는 생각이 들었습니다. 우선 테이블 번호를 완벽히 외워야겠다고 결심했습니다. 전날 테이블 번호를 몰라 우왕좌왕하던 제 모습이 그렇게 우스꽝스러울 수 없었거든요.

가게의 구조를 메모지에 그려 테이블 번호를 정리하고, 음식이 나올 때마다 실수 없이 서빙하며 빠르게 적응하려고 노력했습니다. 또, 손님들에게는 싹싹하게 인사하며 일에만 집중하기로 했습니다. 이렇게 1주일이 지나 테이블 번호와 가게 시스템을 완벽히 익히고 나니, 주변 사람들의 관계가 한눈에 들어오기 시작했습니다. 그러니 참 신기한 게 보이더군요.

처음엔 모두가 끈끈한 관계처럼 보였지만, 알고 보니 중학교 동창인 두 명만 친한 사이일 뿐, 나머지는 겉으로만 친한 척하거나 뒷담화를 하는 등 서로 껄끄러운 관계였습니다. 몇 년은 함께 일한 것처럼 보였던 이들도 사실 몇 개월밖에 알고 지내지 않은 사람들이었습니다.

처음에는 모두가 견고한 하나의 집단처럼 보였지만, 시간이 지나고 업무에 집중하며 냉정히 관찰하니 그들도 저와 별반 다르지 않았다는 사실을 깨달았습니다.

결국, 텃세라는 느낌은 내가 필요 이상으로 부풀려 생각한 신기루였던 거죠. 이렇게 업무에 집중하며 스스로를 발전시키다 보면 텃세는 자연스럽게 사라질 것입니다.

2. 사람들은 생각보다 당신에게 관심이 없다

처음에 호프집에서 일하기 시작했을 때, 제가 느낀 감정은 분명했습니다. 모두가 나만 보고, 나를 경계하고, 심지어 싫어하는 것처럼 느껴졌습니다. 하지만 시간이 지나면서, 한 달, 두 달이 흐르니 알게 된 건 그들이 저를 경계하거나 싫어한 게 아니라는 점이었죠. 단지 모두 자기 일에 바빠서 저를 신경 쓸 여유가 없었던 겁니다.

그렇게 서서히 가게 분위기를 익히던 어느 날, 한 동료가 일을 그만두고 새로운 사람이 들어왔습니다. 이번엔 제가 기존 멤버로 그 상황을 지켜보게 되었는데, 새로 온 사람 역시 낯설고 어색한 표정으로 두리번거리며 눈치를 보더군요. 그 순간 깨달았습니다.

처음 내가 느꼈던 텃세라는 감정이 단지 내 착각일 수도 있다는 것을요.

매니저 형이 새로 온 사람 앞에서 유난히 오버하며 웃고, 저에게 어깨동무를 하고, 일부러 과장되게 행동하는 모습을 보니, 마치 "우린 다 친해. 너는 아직 새로 왔으니까 긴장 좀 해"라는 분위기를 연출하려는 듯했습니다.

사실 이런 행동은 새로 온 사람에게는 텃세처럼 느껴질 수 있습니다. 하지만 실상은 그 누구도 그를 배척하거나 경계하는 것이 아니었죠. 저 또한 그 당시 워낙 바쁘고 정신없다 보니 새로 온 형에게 신경 쓸 여유가 없었습니다.

결국 그 형은 이틀 만에 일을 그만두고 다시는 나타나지 않았습니다. 아마 제가 처음 그 호프집에 왔을 때 느꼈던 낯설음과 이질감에 적응하지 못한 탓이었겠죠.

이 경험을 통해 느낀 것은 간단합니다.

사람들은 기본적으로 바쁜 일상과 자신의 업무에 집중하느라, 새로운 사람에게 충분한 관심을 기울일 여유가 없을 뿐입니다. 그걸 텃세로 느낄 필요는 전혀 없다는 것이죠.

기존 직원들 역시 새로 온 사람을 잘 모르기 때문에 먼저 다가가거나 일을 가르쳐주는 것에 부담을 느낄 수 있습니다. 그저 자신의 경험에 기반한 방어 기제로 신중한 태도를 보일 뿐입니다.

따라서 여러분이 새로운 직장에 들어가 다들 친해 보이고 자신만 외톨이처럼 느껴진다고 해도, 괜히 위축되지 마세요. 직장은 어디까지나 이윤 추구를 목적으로 모인 집단입니다. 먼저 업무 파악을 최우선으로 두고, 회사의 시스템과 구조를 빨리 이해하며 어떻게 하면 팀에 기여할 수 있을지를 고민하세요.

다들 친해 보이고 자신만 고립된 느낌이 든다고 해서, 그 생각에 사로잡힐 필요는 없습니다. 불필요한 감정적 고민을 내려놓고, 자신의 업무 능력을 빠르게 업그레이드한다면, 그들이 보였던 텃세 같은 행동은 마치 신기루처럼 사라지게 될 겁니다.

이건 제가 20살에 호프집에서 아르바이트할 때뿐 아니라, 이후 직장에서 사회생활을 할 때도, 그리고 미국에서 일을 할 때도 똑같이 적용된 진리였습니다.

3. 한명 한명 공략할 것

처음 호프집에서 일하기 시작했을 때는 모든 사람들이 다

저를 어려워하고, 제가 그들 사이에 끼어들기 힘들다고 느꼈습니다. 하지만 일을 시작한 지 약 1주일이 지나 가게 운영 방식이 눈에 익어가자, 조금씩 용기가 생겼습니다.

그중에서도 제일 착했던 한 형에게 먼저 말을 걸기 시작했습니다.

"형, 이 바지 어디서 샀어요? 되게 잘 어울려요."

"형, 손님이 이럴 땐 어떻게 해야 해요?"

"와, 형! 저 손님 되게 예쁘지 않아요?"

이렇게 가벼운 대화와 농담으로 스몰토크를 이어가며 장난도 치기 시작했습니다. 형과 친근한 모습을 보이니, 다른 동료들이 관심을 가지며 슬슬 말을 걸기 시작했습니다. "무슨 얘기 중이야?"라며 끼어들기도 하고, 한두 명씩 대화에 참여하면서 자연스럽게 함께 웃고 떠들게 되었죠.

처음에는 그들이 다들 성격이 깐깐하고 자기들끼리만 친한 사람들처럼 느껴졌지만, 시간이 지나자 그들이 전혀 그렇지 않다는 걸 알게 되었습니다.

한 사람씩 개별적으로 대화하고 관계를 쌓다 보니, 모두 좋은 사람들이었고 그들과의 어색함도 자연스럽게 사라졌습니다. 오히려 "내가 왜 처음에 이 사람들을 그렇게 어렵게 느꼈을까?"라는 생각이 들 정도였죠.

결국엔 문제의 원인이 됐던 건, 그 당시 매니저였던 형, 단 하나였습니다. 그는 성격이 까칠하고 텃세의 분위기를 주도했던 주범이었지만, 알고 보니 다른 동료들에게도 별로 좋은 평을 듣지 못하는 사람이었습니다. 오히려 그 형이 왕따 아닌 왕따 같은 존재였다는 것을 깨달았습니다.

사실 어느 직장이든 텃세 분위기를 주도하는 건 극소수에 불과합니다. 다른 동료들은 대부분 여러분에게 큰 관심이 없거나, 그저 바쁘게 자기 일을 하고 있을 뿐입니다. 제가 강조하고 싶은 건, 이 모든 경험을 통해 깨달은 3가지 진리입니다.

1. 알고 보면 그 사람들은 전부 친하지 않다.

처음엔 모두가 한 팀처럼 끈끈해 보이겠지만, 시간이 지나면 그들도 갈등과 거리감을 가지고 있는 개별적인 사람들임을 알게 됩니다.

2. 텃세를 주도하는 사람은 극소수다.

집단 내 분위기를 주도하며 낯선 사람을 어렵게 만드는 건 소수에 불과합니다. 나머지 사람들은 그저 묵묵히 자신의 일을 하고 있을 뿐입니다.

3. 업무를 익히며 한 사람씩 친해지면 된다.

일을 빠르게 익히고 프로다운 모습을 보이며 노력한다면, 결국 한 사람씩 마음을 열고 다가오는 사람들이 생기게 마련입니다.

결론적으로, 텃세라는 것은 알고 보면 실체가 없는 신기루입니다. 처음엔 그들의 집단이 견고해 보일지라도, 내 능력을 업그레이드하며 하나씩 관계를 쌓아가다 보면, 어느새 그 신기루는 사라지게 될 것입니다.

직장에서 무시당하기 딱 좋은 행동 3가지

직장에서 유난히 공격을 받는다고 느낀다면, 가장 먼저 해야 할 일은 자신을 돌이켜보는 것입니다.

혹시 내가 무언가 부족하거나 잘못한 점이 있는지 점검하는 거죠. 이전에 직장 내 무례한 상사를 대처하는 방법에 대해 이야기했다면, 이번에는 여러분 스스로를 점검해보는 시간을 가져보려고 합니다.

직장에서 무시당하기 쉬운 행동 3가지를 이야기하기 전에, 직장의 진정한 의미를 다시 한번 되짚어볼게요. 직장은 프로 마인드를 연습할 수 있는 성장의 장입니다.

회사가 만들어진 목적은 이윤을 극대화하는 것입니다. 이윤을 추구하기 위해 직원들을 고용하고, 직원들은 그 대가로 월급을 받죠. 이 관계를 이해하지 못한 채, 자신의 권리만을 주장하면서 책임과 의무를 다하지 않는 직원이야말로 고용자 입장에서 가장 한심하고 답답하게 느껴지는 사람입니다.

예를 들어, 여러분이 GS편의점의 유니폼을 입고 있다면, 그 순간 여러분은 GS편의점을 대표하는 사람입니다. 고객들에게 친절하게 응대하고, 매뉴얼을 준수하며 일을 해야 합니다. 이것이 바로 직업인으로서의 책임과 의무입니다.

반대로, 힘들다고 불친절하게 굴거나, 매뉴얼을 무시하며 자기 멋대로 일한다면 어떻게 될까요? 결국 여러분의 행동이 회사의 이미지에 해를 끼치고, 직장 내에서 신뢰를 잃게 됩니다. 상사가 여러분을 갈구고 공격하는 일이 잦아지는 것도 어쩌면 자연스러운 결과일 수 있습니다. 왜냐하면, 여러분이 직원으로서의 책임과 의무를 다하지 않았기 때문입니다.

결론적으로, 직장에서 여러분이 공격받는 이유가 부당한지, 아니면 정당한지를 먼저 판단해야 합니다. 만약 자신이 책임과 의무를 다하지 않았다면, 그 부분을 먼저 바로잡아야 합니다. 반대로 자신이 최선을 다했음에도 부당한 대우를 받는다면, 그 문제에 맞서야겠죠.

기억하세요. 직장에서 프로 마인드로 일하는 사람은 어디에서나 존중받습니다. 반대로, 책임을 다하지 않으면서 권리만 주장하는 사람은 어디서든 무시당할 수밖에 없습니다.

이번 장의 주제는 "직장에서 무시당하기 딱 좋은 행동 3가지"입니다. 이 장에서는 여러분이 직장에서 책임과 의무를 다했음에도 불구하고, 그것과는 전혀 무관하게 무시당하거나 공격받는 경우에 대해 이야기하고자 합니다.

세 가지 중 첫 번째는 바로,

1. 사적인 것에 집중하는 행동입니다.

직장에서 반드시 기억해야 할 점은 공과 사를 정확히 구분하는 것입니다. 사적인 자리에서는 본인의 성격을 자유롭게 드러내도 되지만, 직장에서는 진중하게 업무에만 열중하는 모습을 보여주는 것이 중요합니다. **직장에서만큼은 아예 다른 캐릭터를 만들어 버리세요.** 이런 태도는 무게감 있는 인상을 주어, 쉽게 얕보이거나 무시당하지 않도록 합니다.

"직장에서 너무 딱딱하게 행동하면
동료들에게 불편함을 주지 않을까요?"

　직장에서 진중하게 행동한다는 의미는 항상 딱딱하고 무겁
게 행동하라는 것이 아닙니다. 부드러운 표정을 유지하면서도,
업무에 집중하고 프로다운 모습을 보여주는 것이 핵심입니다.
반면, 개인적인 이야기는 점심시간이나 퇴근 후 사적인 자리에
서 풀어내는 것이 좋습니다. 예를 들어, 밝고 명랑한 성격이라
도 업무 중에는 진중하게, 사적인 자리에서는 자연스럽게 행동
하면 됩니다.

제가 모 신문사 계열사에서 일할 때 이야기입니다

한 대리님이 있었습니다. 그는 일을 잘하고 꼼꼼했지만, 팀원들뿐만 아니라 상사에게까지 가벼운 사람으로 여겨졌습니다. 이유는 업무 중에도 끊임없이 사적인 이야기를 공유하며, 때로는 감정적으로 행동했기 때문입니다.

예를 들어, 촬영 현장에서 "어제 강남에 갔는데 번호 하나도 못 땄다니까요!"라며 개인적인 이야기를 꺼냈고, 팀원들의 관심을 얻으려 했습니다. 또, 썸을 타던 여성과의 갈등으로 기분이 나빴던 날에는 업무 중에도 짜증을 내며 동료들에게 신경질적으로 대했습니다. 점심시간에 동료가 이유를 물었더니, 그는 "어제 썸녀랑 싸웠는데 어떻게 해야 화가 풀리냐?"라며 고민을 털어놨습니다.

이러한 행동들은 동료들에게 신뢰를 잃게 만들고, 상사나 후배들로부터 그를 존중하지 못하게 만들었습니다. 결국, 그는 업무 능력과 별개로 가볍고 우습게 보이는 사람으로 전락했습니다.

직장에서 사적인 감정을 드러내지 않아야 하는 이유는 단순합니다. 기분이 태도가 되는 순간, 그 사람의 권위는 끝나기 때문입니다. 이는 상사뿐만 아니라 후임에게도 해당됩니다.

제가 운영하던 가게에서 한 알바생이 있었습니다. 평소에는 명랑했지만, 어느 날 가정 문제로 기분이 나빴다며 축 처진 태도로 일을 했습니다. 짜증 섞인 표정과 축 처진 태도는 가게 분위기를 해쳤고, 결국 다른 알바생들에게도 좋지 않은 영향을 미쳤습니다. 직장에서 사적인 감정을 그대로 드러내는 것은 절대 금물입니다. 이는 프로답게 보이지 않을뿐더러 가벼운 사람으로 보이게 만들기 쉽습니다. 따라서, 사적인 문제는 직장 문을 열기 전에 내려놓고, 업무에만 집중하는 모습을 보여주세요.

어른처럼 행동하면 어른처럼 대우받습니다. 가볍게 행동하지 않도록 스스로를 항상 점검하고, 프로다운 태도를 유지하세요. 그런 태도가 직장에서 존중받는 가장 기본이자 확실한 방법입니다.

2. 자기의 색깔이 없는 사람입니다.

직장에서 상사의 지시를 따르고 회사의 규정을 준수하는 건 기본 중의 기본입니다. 하지만 그럼에도 자신의 목소리를 내야 할 때는 확실하게 내야 합니다. 그런데 이런 걸 제대로 하지 못하는 사람들이 많아요. **자기 의견을 말할 기회가 왔을 때, 절대로 어영부영 넘기지 말아야 합니다.**

"회사에서 자기 의견을 길게 말하는 게
비호감으로 보일 수도 있지 않나요?
말을 많이 하면 말대꾸한다고 싫어하던데요."

천만의 말씀입니다. 회사에서 당당하게 자기 의견을 말하지
못해서 물렁한 사람 취급받고 무능한 이미지를 주는 것보다, 조
리 있게 자신의 생각을 드러내는 게 훨씬 나아요. 입만 나불거
리고 행동으로 보여주지 않으면 비호감이 될 수도 있겠지만, 말
과 행동이 일치한다면 오히려 더 신뢰를 받습니다. 그런 선입견
은 과감히 버리세요.

제가 광고회사에 다닐 때 이야기인데요. 입사 3년 차 선배가 있었어요. 그 선배는 정말 성실하고 일도 잘했지만, 윗사람뿐만 아니라 아랫사람들에게도 무시를 받는 경우가 많았습니다. 이유가 뭘까 싶어서 지켜봤는데, 시간이 지나니 알겠더라고요.

어느 날 과장이 그 선배에게 "야! 너 지금 1층 스튜디오 가서 제품 좀 찍어와!"라고 했어요. 그 선배는 굉장히 난처한 표정으로 "아... 네, 알겠습니다..."라며 일을 하러 내려갔죠.

그런데 사실 그 선배는 이미 부장이 지시한 마감 작업을 해야 하는 상황이었습니다. 한 시간쯤 뒤, 부장이 와서 "XX야, 아까 찍은 사진 보정 다 했지? 빨리 이메일로 보내!"라고 하니 선배가 우물쭈물하며 "아직 못 했습니다..."라고 말하더군요. 부장은 화를 내고, 과장은 "야! 부장님이 시키신 일이 있었으면 말을 했어야지! 아, 답답하네 진짜!"라며 핀잔을 줬습니다.

이 상황에서 만약 그 선배가 처음 과장의 지시를 받을 때, 이렇게 말했다면 어땠을까요?

"과장님, 부장님이 오늘 마감까지 제출하라고 하신 작업이 있어서 그걸 먼저 해야 할 것 같습니다. 혹시 이 일이 급하면 다른 분께 부탁드려도 될까요?"

이렇게 똑부러지게 상황을 설명하고 대안을 제시했다면, 그는 부장과 과장 모두에게 불필요한 질책을 받지 않았을 겁니다.

또 다른 일이 있었어요. 프로젝트 회의 중이었는데, 각자 의견을 나누는 자리에서 한 명씩 자신의 생각을 말하는 시간이 있었습니다. 선배 차례가 되자, 그는 "음... 저는 다 좋습니다. 정해지는 대로 하겠습니다."라고 말하며 넘어갔어요. 그러자 팀장은 "너도 생각이 있을 거 아냐. 한 번 이야기해 봐."라고 하니, 선배는 웃으며 "하하... 저는 뭐든 괜찮습니다. 어떻게 하든 정해지면 그대로 따를게요."라고 했죠.

결국 그 회의에서 아무도 맡고 싶어 하지 않던 지방 출장이 그 선배에게 돌아갔습니다. 다른 팀원들은 모두 가까운 지역을 맡았지만, 그는 멀리 떨어진 곳으로 출장을 가야 했어요.

이때 선배가 이렇게 말했다면 어땠을까요?

"지난번 프로젝트 때 제가 지방 촬영을 다녀왔으니 이번에는 서울 쪽을 맡겠습니다. 지방 출장은 아직 한 번도 가지 않은 ○○가 가는 게 좋을 것 같고요. 서울 지역은 주차 공간 문제로 혼자 가기 힘들어서 어시스트 한 명이 필요할 것 같습니다."

이런 식으로 자기 입장을 정확히 전달했다면 상황은 달라졌을 겁니다.

회사가 여러분에게 의견을 묻는 건 기회입니다. 그때는 반드시 자신의 생각을 또박또박 말할 줄 알아야 해요. 그렇게 해야 존재감이 생기고, 존재감이 있어야 함부로 대하지 못합니다. 의견을 묻는 자리에서 아무 말도 하지 않거나 대충 넘어가면, 결국 가장 힘든 일이나 아무도 하고 싶어 하지 않는 일이 여러분에게 돌아가게 됩니다.

직장에서는 자기 목소리를 내는 게 중요합니다. 할 말을 정확히 하지 않으면 무시당할 수밖에 없어요. 항상 자신의 입장과 생각을 명확히 표현하세요. 그래야 직장에서 존재감을 드러내고 존중받을 수 있습니다.

3. 자신감 없는 말투입니다.

말투가 직장에서 얼마나 중요한지에 대해 생각해보셨나요? 저는 어디에서 일을 하든, 어떤 상황에 있든, 반드시 지키는 원칙이 하나 있습니다. 누군가 제게 말을 걸어올 때든, 제가 무언가를 물어볼 때든, 힘 있고 정확하게 말하기입니다. 목소리가 크지 않거나 발음이 조금 안 좋아도 괜찮습니다. 이런 건 조금만 연습하면 금방 개선할 수 있어요.

직장에서 말할 때, 평소보다 목소리 톤을 살짝 높이고 말끝에 힘을 주는 것만으로도 분위기가 완전히 바뀔 수 있습니다.

말투를 이렇게 바꾸면, 프로다운 이미지를 줄 수 있을 뿐 아니라, 웬만해서는 무시당하지 않습니다.

심지어 내가 큰 잘못을 저지른 상황이 아니면, 힘 있는 말투만으로도 상대방에게 신뢰감을 줄 수 있습니다.

제가 중학교 때부터 성인이 된 후까지 다양한 곳에서 일을 하며 언제나 힘 있고 똑부러지게 말하려 노력했더니, 직급이 낮고 나이가 어리더라도 저를 함부로 대하는 사람은 거의 없었습니다.

한 번 상상해보세요. 사장의 입장에서, 같은 수준의 일을 하는 두 명의 직원이 있다고 가정합시다. 한 명은 손님이 들어왔을 때 우물쭈물 기어가는 목소리로 주문을 받고, 다른 한 명은 당당하고 자신 있는 목소리로 응대합니다. 어떤 직원과 더 오래 함께 일하고 싶을까요?

같은 실수를 하더라도 말투에 따라 대우는 달라집니다. 우물쭈물하는 직원이 실수를 하면, "저 친구는 항상 어리바리하니까 그렇지"라는 이미지가 굳어집니다.

반면, 힘 있고 또렷하게 말하는 직원이 실수를 하면, "이번엔 실수했지만 평소에는 믿을 만한 친구"라는 인식으로 넘어가곤 했습니다. 저도 이런 경험을 수없이 했습니다. 목소리와 말투가 얼마나 강력한 무기인지 몸소 깨달았죠.

이것이 바로 초두효과와 연결됩니다. 초두효과란 첫인상이 강렬하게 남아 이후 평가에 큰 영향을 미친다는 심리 현상입니다. 직장에서 우물쭈물한 말투를 사용하면, 아무리 일을 잘해도 답답한 사람이라는 이미지가 깊게 새겨집니다. 심지어 작은 실수조차 더 눈에 띄게 보이게 되고, 그 실수를 통해 더 부정적인 평가를 받게 됩니다. 반대로, 처음부터 똑부러지는 인상을 주면, 같은 실수를 해도 "이번엔 그냥 실수한 거겠지"라고 너그럽게 봐줍니다.

내일부터라도 여러분의 말투를 바꿔보세요. 평소보다 목소리를 조금 더 힘 있게, 말끝에 살짝만 힘을 주어 또렷하게 말해보세요. 이렇게 말투를 바꾸면, 여러분의 이미지가 완전히 달라질 겁니다. 특히 직장에서 여러분의 존재감이 분명해지고, 프로다운 모습으로 비춰질 겁니다.

말투를 바꾸는 건 가장 간단하면서도 강력한 방법입니다. 여러분이 쓰는 말투가, 그 누구도 여러분을 함부로 대할 수 없게 만들어 줄 강력한 무기라는 걸 절대 잊지 마세요.

무례한 직장동료나 후임들
대하는 법

직장에서 상사와의 관계도 쉽지 않지만, 은근히 신경을 거스르고 화나게 하는 건 직장 동료나 후임일 때가 많습니다. 상사는 어느 정도 눈치를 보고 비위를 맞추면 대처가 가능하지만, 동료나 후임은 업무적으로 계속 마주쳐야 해서 모른 척하기도 어렵습니다.

분명 직장에서 같이 일하기 싫고, 보기도 싫고, 성격도 안 맞는 동료가 있을 겁니다. 그런데 이런 사람과 잘 지내기 위해 노력해본들, 관계가 크게 나아지지 않는 경우가 대부분입니다.

이유는 간단합니다. 상대의 성격을 바꾸려는 시도 자체가 거의 불가능하기 때문입니다.

사람의 성격을 바꾸겠다는 건 지나친 오만입니다. 이는 오은영 박사 같은 전문가들이 다루어야 할 영역이지, 동료의 입장에서 시도할 문제가 아닙니다. 그래서 직장뿐만 아니라 모든 인간관계에서 중요한 교훈 중 하나가, '상대를 바꾸려고 하지 말라'인 겁니다. 상대와의 불편함을 인정하고 그 상태에서 최선의 방법을 찾아야 합니다.

직장에서 동료 때문에 과도한 스트레스를 받는다면, 먼저 스스로에게 질문해 보세요. "내가 모든 사람과 다 잘 지내야 한다고 생각하는 건 아닌가?" "내가 상대를 내 방식으로 바꿀 수 있다고 착각한 건 아닌가?" 이런 기대를 내려놓는 순간, 상대를 바라보는 시각도 달라질 수 있습니다.

제가 목수일을 하던 시절, 같은 팀에 독불장군 같은 동료가 있었습니다. 이 동료는 매사에 틱틱거리며 불필요한 경쟁의식을 드러냈습니다. 제가 무슨 말을 해도 듣지 않고 자기 고집대로 행동했죠. 특히 저를 불편하게 대하는 게 느껴졌습니다. 저도 그를 똑같이 대하면서 서로 불편한 상태로 일했습니다.

어느 날 회식 자리에서 그가 취한 상태로 반장님에게 불만을 터뜨렸습니다.

"반장님, 왜 저 사람만 매번 야간근무를 빼주시는 거예요? 저는 매번 야근을 하라고 하면서, 저 사람은 항상 5시에 퇴근하잖아요."

"그건 그 친구가 아이가 있어서 어린이집 데리러 가야 하니까 그러는 거지. 편애랑은 관계없어."

하지만 그 동료의 입장은 달랐습니다. 그는 자신도 사생활이 있는데, 제가 특별대우를 받고 있다고 생각한 겁니다. 그의 불만을 듣고나니 그가 저를 싫어하는 이유가 충분히 이해됐습니다. 그는 제가 이기적이고 편애를 받는 존재처럼 보였던 겁니다.

그 순간 저는 깨달았습니다. "아, 이 친구는 이런 관점에서 나를 바라보고 있었구나." 만약 제가 그 자리에서 "당신이 뭘 알아?"라며 강하게 맞섰다면, 관계는 파국으로 끝났을 겁니다.

이런 독불장군형 동료와 갈등을 해결하려면, 우선 감정을 건드리지 말고 침묵하며 경청해야 합니다.

예를 들어,

"그랬었구나. 입장을 바꿔 생각해보니, 네가 왜 화가 났는지 알 것 같아. 너가 야간근무를 매번 다 해내는 걸 보면서 참 대단하고 책임감 있는 사람이라 생각했어."

이처럼 칭찬은 관계를 부드럽게 만들고, 내가 상대방에게 결코 적대적이지 않다는 메시지를 전할 수 있습니다. 하지만 여기서 멈춰선 안 됩니다. 공감을 표시한 뒤에는 나의 생각과 불만도 분명히 말해야 합니다. 예를 들면 이런 거죠.

"네 입장을 이해하지만, 나도 나만의 사정이 있었어. 5시에 퇴근할 때마다 마음이 불편했거든. 앞으로는 불만이 쌓이면 서로 쌓아두지 말고, 적극적으로 오해를 풀자. 너랑 잘 지내고 싶어."

이렇게 하면, 상대방도 나를 이해하게 되고 관계가 나아질 가능성이 높아집니다. 대부분의 동료 간 갈등은 서로의 오해와 불통에서 비롯됩니다.

갈등을 풀어가는 데 익숙하지 않다 보니, 이를 제대로 해결하지 못하고 악화시키는 경우가 많습니다. 감정적으로 대응하기보다 침착하게 경청하고, 공감한 뒤 자신의 입장을 분명히 전하세요. 이렇게 하면, 직장에서 불필요한 스트레스와 갈등을 현저히 줄일 수 있을 겁니다.

"무례한 직장상사나 동료들을 상대하는 방법은
이제 알겠는데요.
무례한 부하직원들은 도대체 어떻게
다루어야 할까요?"

제 유튜브 채널에서 직장 관련 영상 중 가장 많은 댓글로 달리는 질문이 바로 이 주제였습니다.

직장 후임이 무례하거나 건방지게 행동하는 이유를 고민해 보세요. 분명 머릿속에 특정한 인물이 떠오를 겁니다. 그런데 그 직원이 모든 상사에게 똑같이 건방지게 구는지, 아니면 유독 당신에게만 그런 태도를 보이는지 한번 곰곰이 생각해 보셨나요?

만약 그 후임이 당신에게만 특별히 무례하고 건방진 태도를 보인다면, 아마도 당신이 무의식적으로 그 직원에게 얕보이는 인상을 주었을 가능성이 큽니다. 현실적으로 모든 상사에게 똑같이 무례하게 대하는 직원은 매우 드문 법입니다. 직장후임에게 얕잡아 보일 수 있는 직장상사의 3가지 특징이 있는데요,

첫 번째는 일을 못 합니다.

직장에서 일을 못하고 업무에 능숙하지 못하면 후임들에게 무시를 받을 가능성이 큽니다. 신입사원이 일을 못하는 건 크게 흉이 되지 않지만, 입사한 지 몇 년이 지난 상사가 여전히 업무 능력이 떨어진다면 이야기가 달라지죠.

"입사한 지 몇 년인데 이거 하나 제대로 못 해?"

이런 말을 들으며 매번 깨지는 대리나 과장이 있다면, 그들에게 카리스마가 생기긴 어렵습니다.

군대 같은 절대적인 계급 사회에서도 윗고참이 군생활을 제대로 못해 매번 깨지고 어리바리한다면, 그 고참이 후임들에게 무시받는 건 당연한 일입니다.

직장도 마찬가지입니다. 다만, 직장에서 업무 능력이 떨어지는 상사를 부하직원들이 대놓고 무시하는 경우는 드뭅니다. 속으로는 무시할지언정, 그것을 겉으로 드러내는 일은 드물죠.

문제는, 업무 능력이 떨어지는 상사들 중 일부가 자신이 무능하다고 후임들이 생각할까 봐 오버하는 경우가 많다는 겁니

다. 이건 일종의 자격지심에서 비롯됩니다. 이런 상사들은 위에서 깨진 걸 아래로 풀거나, 기분에 따라 태도가 좌우되는 경우가 많습니다.

"내가 위에서는 깨져도, 너희보단 위다."

"내가 일을 못한다고 날 무시하지 마라."

이런 마음으로 부하직원들에게 센 척하거나, 부당한 업무를 지시하고, 후임들이 묻지도 않은 것을 가르쳐주려고 오버합니다. 문제는 이런 행동이 후임들에게 전혀 존경심을 불러일으키지 않는다는 겁니다.

후임들은 속으로 이렇게 생각하겠죠.

"웃기고 있네. 자기나 잘하지."

자신의 무능함을 감추려고 과하게 행동하는 상사일수록 후임들로부터 "자기나 잘하지"라는 말을 듣기 쉽습니다. 이런 상사가 직장에서 가장 무시당하기 쉬운 유형이죠.

두 번째는 배려심이 과하게 많습니다.

여러분 주변에 직장 상사든 학교 선배든, 혹은 아는 형이나 언니 중에 유난히 여러분을 편안하고 어렵지 않게 대해주는 사람이 있죠? 이런 분들은 보통 여러분을 친절하게 배려하고, 마음을 써주는 경우가 많습니다.

하지만 현실은, 그 배려에 감사하는 대신 점점 만만하게 여기고 심지어 무시하게 되는 일이 생기기도 합니다. 슬프지만, 인간의 심리가 그렇습니다.

저 역시 군대 시절을 떠올리면, 착하고 배려심 많던 고참을 좀 만만하게 대했던 기억이 있습니다. 반대로 성격이 까칠하고 무서운 고참들에게는 머리를 조아렸죠. 나이를 먹고서는 '사람을 봐가며 대하지 말아야지'라고 스스로를 다잡아 보지만, 원래 사람이라는 존재는 이렇게 간사합니다.

사실, 배려심이라는 건 참 좋은 미덕입니다. 상대의 입장에서 생각하고, 마음을 헤아리는 것이 배려의 본질이죠. 그런데 이 배려심이 직장에서 지나치게 드러나면, 문제가 되는 경우가 많습니다. **직장에서는 각자의 위치와 직급에 따라 고유한 권한과 책임이 존재합니다.**

그런데 배려심이 많은 상사들은 자신의 권한을 자꾸 내려놓거나, 스스로 그 권위를 약화시키는 경우가 있습니다. 이는 후임들에게 만만하게 보이는 계기가 될 수 있습니다.

예를 들어, 과장이 어떤 서류를 최종 검토해 도장을 찍고 본사로 보내야 하는 권한을 가지고 있다고 가정해봅시다. 그런데 이렇게 말한다면 어떨까요?

"김 대리, 이 서류 말이야. 내가 맞게 한 건지 잘 모르겠네. 너는 어떻게 생각해?"

"박 대리, 이번에 발주한 거 말이야. 너무 많이 주문한 거 같지 않아? 잘 모르겠네. 너는 어떻게 생각해?"

이런 식으로 권한과 책임을 자신의 위치에서 내려놓고, 후임에게 불필요하게 의지하거나 불안감을 드러내는 태도는 후임들에게 그 상사를 '의지가 약한 사람' 혹은 '판단력이 부족한 사람'으로 보이게 만듭니다. 그렇게 되면 그 상사는 점점 더 만만하게 보이게 되고, 결국 무시당하는 대상이 될 가능성이 높아집니다.

"그래도 리더가 부하직원들에게
의견을 구하는 건 좋지 않나요?
독불장군형 상사보다는 훨씬 좋은 거 같은데요?"

　물론 어떤 일을 추진할 때 여러 직원들의 의견을 듣고 참고
하는 것은 훌륭한 리더의 자질입니다. 하지만 최종적으로 모든
의견을 검토하고 결정을 내리는 책임은 결국 리더 자신에게 있
습니다. 그리고 그 결정에 따른 문제가 발생한다면, 마지막 결정
권자인 리더가 그 책임을 지는 것이 당연한 일입니다.
　그럼에도 불구하고, 매번 확실한 결정을 내리지 못하고 끊임

없이 부하 직원들의 의견에 의지한다면, 그 상사의 카리스마와 존재감은 자연히 떨어질 수밖에 없습니다. 결국, 팀원들에게 신뢰를 주지 못하고 '우유부단하다'는 이미지만 남게 됩니다.

본인의 직급에 맞는 권한을 쉽게 내려놓아서는 안 됩니다. 그 직급에 걸맞은 과감한 결단력을 보여야 하며, 혹시 문제가 생기더라도 이를 당당히 해결하려는 태도가 필요합니다. 또한, 부하 직원들에게 잘못을 떠넘기는 행동은 절대 금물입니다.

그렇게 책임을 회피하거나 애매한 태도를 보인다면, 후임들에게 무시당하고 휘둘리게 될 가능성이 높아집니다.

직장상사로서 후임들에게 해줄 수 있는 최고의 배려는 아주 간단합니다. 부당한 업무를 지시하지 않고, 욕설이나 비아냥, 인격 모독과 같은 언행을 삼가며, 직원들의 개인적인 사생활을 존중하는 것. 그 정도만 해도 직원들은 그 상사를 훌륭하고 배려심 있는 리더로 여기게 될 것입니다.

세 번째는 불필요한 말을 많이 합니다.

"장교들은 절대로 사병들과 같은 공간에서 술을 마시지 않는다"는 옛말이 있습니다. 이 말은 장교들이 사병들을 무시한다는 뜻이 아니라, 장교가 본분을 지키며 모범을 보여야 한다는 의미입니다. 사병들과 같은 자리에서 술을 마시다 보면 흐트러진 모습이나 약점을 보일 수 있고, 그러한 행동이 사병들에게 영향을 미쳐 명령 체계가 흔들릴 수 있다는 교훈이 담겨 있죠.

이와 마찬가지로, 직장에서는 불필요한 말과 행동을 지양해야 합니다. 특히 업무와 무관한 말이나 저속한 언행은 삼가는 것이 중요합니다. 직장 후임들은 겉으로는 "네, 알겠습니다" 하고 웃으며 맞장구를 칠 수 있겠지만, 속으로는 "참 한심하다"며 무시하는 감정을 키울 가능성이 큽니다.

드라마 미생을 보신 분들은 아마 '강대리'를 기억하실 겁니다. 이 캐릭터는 장백기라는 다소 거만하고 이기적인 신입사원을 단 한 번의 큰 소리도 내지 않고 완벽히 제압합니다. 강대리는 일을 매우 꼼꼼하고 완벽하게 처리하며, 말투와 태도에서도 무게감을 잃지 않습니다. 그는 후임들에게 반말을 하지 않으며, 업무 외의 사적인 대화도 하지 않습니다. 필요 이상으로 친해지려 하지 않으면서도, 자신의 위치와 권위를 절묘하게 유지하죠.

한 예로, 장백기가 회사의 규정에 맞지 않는 엑셀 자료를 제출했을 때 강대리는 언성을 높이거나 감정적으로 대하지 않습니다. 대신 이렇게 말합니다.

"장백기 씨, 이 듣도 보도 못한 양식은 뭡니까? 누가 이렇게 하라고 했나요?"

"데이터 확인은 기본 중의 기본입니다. 제가 이걸 보면서 틀린 그림 찾기라도 하라는 건가요?"

이 말들은 짧고 부드럽지만, 강렬한 메시지를 전달합니다. 그는 업무적으로 후임의 잘못을 지적하며, 동시에 자신의 직급과 권한을 분명히 각인시킵니다. 욕설이나 비아냥 없이도, 강대리는 장백기에게 필요한 경각심을 주고 확실한 선을 그어 넘지 못하게 합니다.

강대리가 후임들에게 무게감 있어 보이는 이유는 단순합니다. 그는 자신의 일을 누구보다 잘하며, 쓸데없는 사적인 이야기를 하거나 부당한 업무 지시를 내리지 않습니다.

또한, 후임이 선을 넘을 경우, 그를 억누르는 방식 역시 감정적이지 않고 철저히 업무적인 태도로 일관합니다. 이 모든 행동이 강대리의 카리스마를 배가시키는 것이죠.

반대로, 만약 강대리가 업무 능력이 떨어지고, 후임에게 매번 가르치려 들며 사적인 농담을 일삼았다면 어땠을까요? 아마 장백기가 그를 무서워하거나 존경하기는커녕, 가볍게 여기고 무시했을 가능성이 큽니다.

직장에서는 직급에 맞는 무게감을 지켜야 합니다. 무게감 있는 대우를 받으려면, 그에 걸맞은 태도와 행동을 보여야 합니다.

깃털처럼 가볍게 행동하면서 존중받길 바란다면, 그것은 애초에 앞뒤가 맞지 않는 기대일 뿐입니다.

"저는 방금 말씀하신 세 가지 중
그 어떤 것도 해당하지 않는데,
왜 제 후임은 저에게 무례하게 구는 걸까요?"

　그렇다면, 그 직원은 아마도 타고난 기질 자체가 위아래 예의
를 모르는 천성적으로 무례한 사람일 가능성이 높습니다. 하지만
걱정하지 마세요. 이런 직원이 있다면 굳이 신경 쓰지 않아도 됩
니다. 대부분의 경우, 다른 상사들도 그 사람의 문제점을 이미 파
악하고 있기 때문에, 결국 자연스럽게 도태될 가능성이 큽니다.

이럴 때 가장 현명한 방법은 그 직원을 투명인간 취급하는 겁니다. 업무와 관련된 대화가 아니라면 말도 섞지 말고, 눈빛조차 교환하지 마세요. 그런 사람 때문에 스트레스를 받으며 에너지를 낭비할 필요는 없습니다. 여러분의 소중한 집중력과 에너지는 여러분 자신과 중요한 업무에만 쓰길 바랍니다.

직장에서 센스 있게
거절 잘하는 방법

성격이 소심한 분들에게 직장에서 가장 힘든 일은, 아마 거절을 잘 못하는 성격에서 비롯된 상황일 것입니다. **누군가가 내 소중한 시간을 빌려서 도움을 요청할 때, 그 요청을 수락할지 거절할지 결정하는 건 결국 자신의 몫입니다.**

하지만 문제는 도움을 준 뒤 느껴지는 불쾌한 감정입니다. 처음에는 좋은 관계를 유지하고 싶어서, 혹은 상대방에게 잘 보이고 싶은 마음에 자신의 귀한 시간을 내어 도와주었지만, 시간이 지날수록 왠지 모르게 찝찝하고 불쾌한 기분이 든다면 어떻게 해야 할까요?

이런 상황이 반복되면, 소심한 분들은 더욱 괴로워집니다. "나는 그저 좋은 관계를 유지하려고 했을 뿐인데, 나의 소중한 시간도 빼앗기고, 도움을 준 상대가 고마워하기는커녕 당연하게 여기는 것 같다"는 생각이 들기도 하죠.

결국 "왜 나는 거절을 하지 못해서 매번 이렇게 당하기만 할까"라며 자책하고, 다시는 이런 일을 반복하지 않으리라 다짐합니다. 그러나, 비슷한 일이 반복된다면 지금 바로 마음가짐을 바꿔볼 필요가 있습니다.

　누군가가 부탁을 할 때 거절을 못하는 심리는 대체로 "서로 돕는 게 당연하다"는 믿음에서 비롯됩니다. 어려운 상황에 처한 사람을 보면 돕고 싶은 마음이 드는 것은 매우 훌륭한 성격의 일부이며, 사회생활에서도 큰 장점이 될 수 있습니다.

　하지만, 도움을 주는 일이 반복적으로 자신의 중요한 일을 방해하거나, 결과적으로 불쾌함과 짜증을 유발한다면 문제를 점검해볼 필요가 있습니다.

　자꾸 이런 일이 반복된다면 아래의 3가지를 확인해보세요.

1. 내가 하고 싶은 욕구대로 행동하는 것을 이기적으로 생각하고 있지는 않은가?

　직장에서 가장 중요한 것은 자신의 업무에 집중하는 것을 우선시하는 것입니다. 어떤 상황에서도 자기 업무를 최우선으로 삼는 태도는 직장인의 기본적인 책임과 의무에 해당합니다.

　반대로, 직장이 아닌 일상생활에서는 자신의 볼일과 일정이 우선이 되는 것이 당연하겠죠.

　누군가가 부탁을 해오더라도, 자신의 업무와 목표를 위해 이를 거절하는 것은 결코 이기적인 행동이 아닙니다. 특히 직장에서라면, 자신의 일을 확실히 끝맺는 것이야말로 본연의 역할을 다하는 모습입니다.

부탁을 거절하는 것이 자칫 이기적으로 보일까 걱정하지 말고, 자신의 업무와 책임을 우선적으로 생각하는 태도를 가지시길 바랍니다.

2. 거절을 하면 그 사람과의 사이가 불편해지지는 않을까?

거절을 하면 그 사람과의 관계가 불편해지지는 않을까라는 불안감을 누구나 한 번쯤 느껴본 적 있을 겁니다. 저 역시 그런 고민을 했던 적이 있었는데, 지금은 많이 달라졌습니다.

과거에는 내가 부탁을 거절하면 상대와의 관계가 틀어질까봐 무조건 들어주는 경우가 많았죠. 하지만 이것은 잘못된 믿음이라는 것을 깨닫게 되었습니다.

고등학교 때 아르바이트를 하던 시절, 매주 일요일에 쉬는 날을 정했는데, 친했던 형이 항상 저에게 이런 부탁을 했어요.

"미안한데, 나는 일요일에 꼭 교회에 가야 해. 좀 바꿔줄 수 있겠니?"라고요.

처음엔 형의 사정을 이해해서 흔쾌히 양보했죠. '그래, 일요일 하루 못 쉰다고 큰일 나는 건 아니잖아. 대신 좋은 관계를 유지할 수 있겠지.' 이렇게 생각하면서 스스로 합리화했지만, 시간이 지나면서 마음 한켠이 불편해지기 시작했습니다.

반복적으로 일요일을 양보하다 보니 친구들과 약속도 못 잡고 가족과 보내는 시간도 줄어들었습니다. 형의 태도도 변했어요. 처음엔 고마워하던 그가 점차 제 배려를 당연하게 여겼고, 나중에는 부탁이 아니라 통보를 하듯 하더군요.

결국 더는 양보할 수 없다고 마음먹고 용기를 내서 이야기했습니다. "형, 저도 이제는 일요일에 쉬고 싶어요. 앞으로는 양보하기 힘들 것 같아요." 그러자 형은 짜증을 내며 불만을 표했지만, 제 단호한 태도에 결국 물러섰습니다. 처음엔 조금 삐쳐서 말을 안 걸다가 며칠 지나니 아무 일 없었던 것처럼 똑같이 대하더군요.

이 경험을 통해 알게 된 건, 부탁을 계속 들어준다고 상대가 고마워하지 않는다는 사실이었어요. 사람은 익숙해지면 결국, 배려를 당연하게 여깁니다. 그리고 거절한다고 해서 관계가 끝장나는 것도 아닙니다. 오히려 거절한 뒤에도 관계가 유지된다면 진정한 관계일 가능성이 높고, 반대로 거절했다고 화를 내고 멀어진다면 애초에 거기까지의 관계였을 뿐입니다.

그 이후로 저는 누가 부탁을 해도 사정이 있다면 부드럽지만, 단호하게 거절하기 시작했습니다. "아, 지금은 제가 도와드리기 어렵지만, 일이 끝난 뒤에는 가능합니다." 이런 식으로요.

이처럼 거절할 때는 단호하지만 예의를 갖추고, 구구절절 설명하거나 미안한 표정을 짓지 않는 것이 중요합니다.

죄송하다는 말 대신, "유감스럽지만 지금은 어렵습니다" 정도로 간단히 말하면 충분합니다.

모든 사람과 잘 지내야 한다는 부담을 내려놓으세요. 거절은 관계를 망치는 행동이 아니라, 스스로를 가장 우선으로 존중하는 선택입니다.

3. 자기 주장을 한다는 건 상대방을 공격하는 행위라는 착각

거절을 잘 못하는 사람들 중엔 자기 의견을 표현하는 것이 상대를 공격하거나 도전하는 행위라는 착각을 가진 경우가 많습니다. '이 사람과 싸우느니 그냥 내가 참고 말지', '내가 불편한 게 낫지'라는 식으로 생각하며 자신의 감정을 억누르고 부탁을 받아들이는 경우가 많죠.

하지만 이러한 사고방식은 '부탁을 거절하는 것이 상대를 거절하는 것과 같다'는데서 비롯된 잘못된 믿음입니다.

누군가의 부탁을 거절하는 것은 그 사람 자체를 거절하거나 부정하는 것이 아닙니다. 단지 그 부탁을 수용하지 않는 것뿐이에요. "당신이 틀렸어!"가 아니라, "이 부탁에는 동의하지 않는다"라는 태도를 가지는 겁니다.

제가 광고회사에서 일할 때의 일입니다. 입사 시기가 1년 정도 차이가 나는 두 명의 대리급 직원이 있었습니다. 평소 친하게 지내던 두 사람이었는데, 한 번은 지방 출장 문제로 언쟁이 벌어졌습니다. 대화 내용은 대충 이랬습니다.

"이번에 지방 출장 좀 대신 가주면 안 될까? 내가 저번에 너

일 도와줬잖아."

"도와주는 건 도와주는 거고, 지방 출장 문제는 다른 문제 잖아요. 제가 출장 가면 이 일이 펑크 날 텐데, 대리님이 책임지 실 건가요?"

"그래? 그럼 못 간다는 거지? 알았어!"

처음에는 목소리를 낮추며 말하다가 점점 언성이 높아지더니 결국 큰 말다툼으로 이어졌고, 한 명이 화를 내며 문을 쾅 닫고 나가버렸습니다. 그 장면을 본 저는 두 사람이 내일부터 서로 말 을 섞지 않겠구나, 분위기가 싸해지겠구나 하고 걱정했죠.

하지만 다음 날 아침, 복도에서 두 사람이 아무렇지 않게 자 판기 커피를 마시며 웃고 있는 모습을 보고 깜짝 놀랐습니다. '어 제 그렇게 싸워놓고 어떻게 저렇게 웃고 지낼 수 있지? 너무 가식 적인 거 아니야?'라고 생각했습니다.

하지만 며칠이 지나서야 깨달았습니다. 가식적인 건 그 사 람들이 아니라 오히려 저 자신이었어요. 저는 누군가의 부탁 을 억지로 들어주면서 불편한 마음은 숨기고, 괜찮은 척 연기 하며 관계를 유지하려 했습니다. 하지만 그게 오히려 진짜 가 식적인 태도였죠. 반면 그들은 자신의 입장을 명확히 밝힌 뒤 의견 충돌이 일어났지만, 그것이 곧 관계의 끝이나 불편함으로 이어지지는 않았습니다.

그 일을 계기로 저는 부탁을 거절할 때 머뭇거리거나 고민하 는 대신, 왜 못 들어주는지 당당하게 설명하기 시작했습니다. 나의 입장을 솔직히 이야기하는 것은 결코 공격이 아니라는 사실을 배운 겁니다. 이후로, 부탁을 거절하고 나의 입장을 명확히 밝히는 태도를 보여줄수록 주변 사람들이 저를 더 존중하게 된다는 것을 느꼈습니다. 과거에 억지로 부탁을 들어주며 나의 일이 방해받고, 그로 인해 스트레스를 받던 시기에는 오히려 나 스스로를 존중하지 못했음을 깨달았죠.

결국, 부탁을 거절한다는 것은 상대와의 관계를 나쁘게 하는 것이 아니라, 나 자신을 존중하는 첫걸음이라는 것을 잊지 말아야 합니다.

"부당한 부탁이나 곤란한 요청을 받았을 때,
얼굴 붉히지 않고 깔끔하게 거절하는
팁이 있을까요?"

아무리 부당하거나 곤란한 부탁이라고 해도 정색하며 감정을 드러내는 건 오히려 상황을 악화시킬 수 있습니다. 예를 들어, "무슨 그런 부탁을 하세요? 안되는데요! 싫은데요!" 같은 말투는 상대방에게 불쾌감을 줄 뿐만 아니라 관계를 어색하게 만들 수 있죠. 대신, 먼저 상대방의 이야기를 충분히 들어주고, "아, 정말 급한 상황이군요" 혹은 "정말 곤란한 일이네요"와 같은 공감의 표현으로 그 사람의 상황을 이해하려는 태도를 보여주세요. 그런 다음, "그렇지만 제 상황이 이러이러해서 도와드리기 어려울 것 같습니다"라고 자신의 입장을 최대한 부드럽게 전달하면 됩니다. 이렇게 도와주지 못해 유감이라는 느낌을 주는 것만으로도 상대에게 불쾌감을 줄 일 없이 거절할 수 있습니다.

만약 부탁을 거절하기에 부담스럽고, 상대방이 과거에 도움을 준 적이 있다면, 거절 대신 대안을 제시하는 것도 좋은 방법입니다.

예를 들어, "이번 주까지 PPT 자료를 만들어야 하는데, 퇴근 후에 좀 도와줄 수 있어?"라는 부탁을 받았을 때, "오늘은 이미 선약이 있어서 어렵지만, 내일 퇴근 후 한 시간 정도는 도와드릴 수 있을 것 같습니다"라고 구체적인 대안을 제시하는 겁니다.

여기서 중요한 건, 도움의 범위를 명확히 하는 것입니다. 막연히 "내일 도와드릴게요"라고 했다가 한 시간만 도와주고 떠난다면, 상대방은 오히려 서운해할 수 있습니다. 하지만 처음부터 "한 시간 동안 도와드릴게요"라고 구체적으로 말하면, 상대방은 당신이 바쁜 와중에도 도움을 주려는 마음이 있다는 것을 느낄 것이고, 관계도 더 좋아질 수 있습니다.

여러분, 이제는 다른 사람에게 향했던 친절함의 에너지를 자신에게로 돌려보세요. 가장 중요한 건 나의 감정, 나의 욕구, 나의 사정, 나의 업무, 나의 책임입니다. 이런 것들을 우선적으로 채운 다음에, 남을 도와주는 겁니다. 그래야만 어떤 부탁을 들어주더라도 불편함을 느끼지 않고, 상대방이 도움을 받고도 아무런 보답을 하지 않아도 상처받거나 섭섭해하지 않을 수 있습니다. 이미 내 안이 채워져 있기 때문입니다.

자신의 사정과 상대방에 대한 친절 사이에서 언제나 균형을 맞추는 것이 중요합니다. 만약 여러분의 친절이 지나쳐 후회와 불편함을 느낀다면, 이는 분명 무게추가 한쪽으로 치우쳐 있는 것이니, 지금 바로 균형을 맞추세요. 그래야 여러분도 편안하고 건강한 관계를 유지할 수 있을 겁니다.

여러분은, 여러분의 눈 앞에 있는 사람이 원하는 대로
말해야 할 의무가 전혀 없습니다.
공손하게 대하되, 다 맞춰주지 마세요.

BONUS
연애할 때 호구 당하지 않는 방법

 남녀가 만나 사귀게 되면, 겉으로 보기에는 서로 동등한 조건에서 관계를 이어가는 것처럼 보이지만, 자세히 들여다보면 한쪽으로 기울어진 경우가 생각보다 많습니다. 특히, 누가 더 상대방을 사랑하느냐에 따라 이러한 불균형이 더 두드러지기도 합니다.

 우리가 누군가에게 첫눈에 반했을 때, 우리 몸에서는 도파민(Dopamine)이라는 물질이 분비됩니다. 사랑을 시작한 연인의 뇌를 살펴보면, 본능을 관장하는 미상핵(caudate nucleus)이라는 부분이 활성화되는 것을 볼 수 있는데요. 이 영역은 도파민이 작용하는 쾌감 중추의 핵심적인 신경 구조입니다. 우리가 맛있는 음식을 먹거나, 좋아하는 것을 접했을 때, 혹은 목표를 성취했을 때 이곳이 활성화됩니다.

 마음에 드는 사람을 만나거나 사랑에 빠지면, 뇌에 도파민이 퍼지며 강렬한 쾌감을 느끼게 됩니다. 이러한 쾌감은 흥분 상태를 유지하고 활력과 에너지를 북돋아 주기 때문에, 사랑에 빠진 사람들이 갑자기 생기가 돌고, 더 매력적으로 보이며, 일상에서 적극적으로 변하는 이유가 바로 여기에 있습니다.

도파민의 작용은 쾌락과 밀접한 연관이 있기 때문에, 자칫하면 중독으로 이어질 가능성도 있습니다. 만약 도파민 조절이 제대로 이루어지지 않으면, 특정 대상이나 상황에 의존하게 되는 정신적 중독에 빠질 위험이 커지는데요. 스트레스 상황에서 벗어나고자 쾌락을 찾다 보면, 마약, 흡연, 도박 같은 행동에 쉽게 빠지게 되는 것도 이와 관련이 있습니다.

따라서, 이제 막 사랑을 시작해 설레고 두근거리는 감정에 휩싸인 것은 충분히 이해가 가지만, 연애를 할 때는 뜨거운 가슴을 가지되, 머리는 차갑게 유지하라는 말을 꼭 명심하시기 바랍니다. 머리를 차갑게 유지한다는 것은 언제나 이성을 잃지 않고 냉정하게 정신을 차리고 있으라는 뜻입니다.

물론, 막 사랑에 빠진 사람들에게 이런 이야기는 귀에 잘 들어오지 않을 수도 있습니다. 하지만 이 메시지가 얼마나 중요한지는 시간이 지나면 반드시 깨닫게 될 거예요.

아래는 연애할 때 '호구'당하는 이유 3가지입니다.

1. 자신의 본분을 소홀히 할 때

굉장히 공부를 잘했던 친구가 있었습니다. 원하던 명문대에 합격하지 못해 1년 동안 재수를 하게 되었는데, 원하는 대학에 가기 위해 공부에만 몰두해야 할 시기에 여자친구를 사귀게 되었죠. 만약 그 연애가 동기부여가 되어 더 열심히 공부하는 계기가 되었다면 좋았겠지만, 친구는 여자친구에게 푹 빠져 공부를 뒷전으로 미루기 시작했습니다. 학원 수업을 자주 빠지고, 공부에 소홀해졌으며, 여자친구를 위해 모든 것을 희생하는 듯한 태도를 보였죠.

더 큰 문제는 여자친구의 태도였습니다. 처음엔 친구를 존중하고 사랑하는 듯 보였지만, 시간이 지나면서 점차 무시하고 짜증을 내며 호구 취급을 하는 듯한 모습을 보이기 시작했습니다. 데이트 비용은 항상 친구가 부담하고, 여자친구를 집에 데려다주는 일도 친구의 몫이었으며, 새벽에 부르면 학원 수업을 제쳐두고 달려가는 일이 반복됐습니다. 제가 직접 여자친구에게 물어보진 않았지만, 옆에서 지켜본 바로는 그녀가 친구를 그렇게 대하는 이유를 알 것 같았습니다.

가장 큰 원인은 친구가 자신의 본분을 소홀히 했다는 점입니다. 명문대 진학이라는 목표가 있었다면 1년 동안 그 목표에 집중했어야 했죠. 여자친구도 처음에는 그 목표의식과 주관에 매력을 느꼈을 것입니다. 하지만 친구가 점점 본인의 책임을 망각한 채 연애에만 몰두하는 모습을 보며, 처음에는 사랑받는 느낌에 좋았을지 몰라도, 시간이 지나며 "생각 없는 사람"이라는 인식이 자리 잡았을 가능성이 큽니다. 이런 모습은 남녀를 불문하고 매력을 잃게 만드는 원인이 됩니다.

여자친구 입장에서는, 처음에는 친구가 자기와 시간을 보내기 위해 노력하는 모습이 좋았을 겁니다. 하지만 시간이 지나면서 재수생으로서의 책임을 다하지 않는 모습을 보며 점점 그를 존중하지 않게 되었을 겁니다. 이처럼 연애 초반에는 상대방에게 집중하는 태도가 긍정적으로 보일 수 있지만, 시간이 지나며 지나친 희생이나 본분을 잊은 행동은 존중을 잃게 만듭니다.

반대로 여자도 마찬가지입니다. 여자친구가 남자와 사귀면서 모든 친구와의 관계를 끊고, 자신의 일이나 학업을 소홀히 하며 연애에만 몰두한다면, 처음엔 특별하게 느껴질 수 있어도 시간이 지나면서 그 사람에 대한 존중감이 사라지고 가벼운 존재로 여겨질 가능성이 높습니다. 이는 상대를 탓할 일이 아니라, 스스로 그러한 모습을 보였기 때문입니다.

이것이 바로 "가슴은 뜨겁게, 머리는 냉정하게"라는 조언이 필요한 이유입니다. 사랑과 열정을 가지되, 자신의 본분과 중요한 책임은 결코 잊지 말아야 합니다. 연애 초반부터 "나는 너를 사랑하고 보고 싶은 마음이 크지만, 내가 해야 할 일은 반드시 해야 한다"는 태도를 분명히 보여주는 것이 중요합니다. 이러한 태도가 상대에게 꾸준히 나에 대한 이성적인 매력을 느끼게끔 만들어주고, 서로를 존중하는 관계를 지속하게 만듭니다.

"그럼 남자분의 입장에서 어떻게 행동했어야 할까요?"

　연애 초기에 여자친구가 밤 10시에 "자기야, 지금 보고 싶은데 얼굴 좀 볼까?"라고 물었다면, 마음속으로는 당장이라도 달려가고 싶은 마음이 들겠죠. 하지만 그럴 때도 차분히 "나도 정말 그러고 싶은데, 다음 주가 시험기간이라 이번 주는 공부에만 집중해야 할 것 같아. 정말 미안해."라고 답했어야 합니다. 물론 처음에는 여자친구가 섭섭해하거나 실망할 수도 있겠죠. "내가 보고 싶다는데 잠깐 와주면 안 돼?"라고 서운해하는 반응이 나

올 수도 있습니다.

하지만 이런 태도는 장기적으로 보면 훨씬 더 큰 신뢰와 존중을 얻을 수 있는 행동입니다. "이 사람은 자기 일에 책임감이 있고, 해야 할 일은 확실히 지키는 사람이구나"라는 인식을 상대방에게 심어줄 수 있거든요. 이런 모습은 연애 초반의 설렘을 넘어, 상대방에게 신뢰를 주는 가장 중요한 기반이 됩니다.

반대로, 그 상황에서 여자친구가 "그래? 나보다 공부가 더 중요하다는 거지? 됐어! 연락하지 마!"라며 화를 내거나 짜증을 낸다면, 그런 반응은 관계를 다시 한 번 생각해봐야 할 신호입니다. 상대방의 영역을 존중하지 못하고 자신의 감정만을 앞세우는 사람과의 관계는 오래 갈 필요가 없으니까요. 사랑은 서로의 삶을 풍요롭게 해주는 것이지, 한쪽의 영역을 침범하면서 이루어지는 것은 아니니까요.

2. 단호하게 선을 긋지 못할 때

세상에는 정말 다양한 사람들이 존재하다 보니, 연애 중에도 사랑을 주고받기보다는 상대방을 소유물처럼 여기고 제멋대로 대하는 경우가 적지 않습니다. 남녀를 불문하고, 애인을 지배하려는 태도가 드러날 때도 있죠. 심각한 경우에는 애인을 외출하지 못하게 하거나, 이성 친구와의 모든 연락을 차단시키고, 심지어 핸드폰을 감시하려는 행동까지 보이기도 합니다.

더 큰 문제는 이런 행동을 받아들이며 묵인하는 사람들이 있다는 겁니다. 하지만 절대로 그러면 안 됩니다. 그런 행동은 결코 착하거나 헌신적인 것이 아니라, 스스로를 낮추고 상대의 잘못된 행동을 정당화시키는 바보 같은 선택입니다. 특히, 자존감이 낮은 사람들은 "그 사람이 떠날까 봐"라는 두려움에 이런 요구를 모두 들어주곤 하는데, 이는 오히려 상대방이 정신적인 학대를 지속할 수 있도록 길을 열어주는 행위일 뿐입니다.

사랑이라는 이름으로 이 같은 행동에 정당성을 부여하면, 상황은 점점 더 악화될 가능성이 큽니다. 결국, 이로 인해 상대방의 행동은 더욱 과감해지고, 최악의 경우 데이트 폭력으로 이어질 수도 있습니다. 따라서 이런 요구가 있을 때는 반드시 단호하게 선을 그어야 합니다. "그건 안 된다"고 분명히 말하고, 자신의 존엄성을 지키는 것이 중요합니다.

만약 그렇게 하지 못한다면, 상대방은 여러분을 "그렇게 대해도 괜찮은 사람"으로 인식하게 될 것입니다. 이 점을 반드시 기억하시고, 건강한 연애를 유지하기 위해 스스로를 지키는 법을 배워야 합니다. 진정한 사랑은 서로를 존중하고 지지해주는 것이지, 지배하거나 억압하는 관계가 아닙니다.

3. 정확한 본인의 의견이 없을 때

두 사람이 함께 영화를 보기로 했다면 보통 "우리 뭐 볼까?"라는 대화로 시작하죠. 한쪽은 이 영화를 보고 싶다고 말하고, 다른 쪽은 저 영화를 보고 싶다고 하며 의견이 갈릴 수 있습니다. 이 과정에서 대다수의 커플들은 자연스럽게 타협점을 찾습니다. 예를 들어, "저번에는 네가 보고 싶은 걸 봤으니 이번엔 내가 보고 싶은 걸 보자."라며 순서를 정하거나, "이 영화가 재미있다는 평이 많다더라."라며 설득하는 방식으로 결정을 내리곤 합니다.

그런데 '착한병'에 걸린 사람들은 이런 상황에서도 무조건 상대방이 원하는 대로 따라갑니다. 자신은 액션 영화를 좋아하고 멜로 영화를 싫어하지만, 상대방이 멜로 영화를 보고 싶어 하면 마지못해 억지로 보러 가는 겁니다. 그러나 이런 태도는 연애에서 절대로 피해야 할 방식입니다.

물론 가끔씩 상대방이 원하는 것을 양보하는 건 괜찮습니다. 하지만 매사에 자기 의견을 내지 않고 상대방의 뜻대로만 따라간다면 문제가 더 커질 수 있습니다. 사소한 선택이 쌓이다 보면 점차 더 중요한 결정들에서도 상대방은 여러분의 의견을 무시하게 됩니다. 연애는 서로의 존중을 기반으로 해야 하는데, 한쪽이 자신의 의견을 포기하고 모든 것을 상대방에게 맞추는 순간, 그 균형은 무너지게 마련입니다.

상대방이 "이 사람은 내가 이렇게 멋대로 해도 아무 불만이 없는 약한 존재구나"라고 느끼게 되는 순간, 관계의 패턴은 고착화됩니다. 한 번 형성된 이런 관계는 뒤집기가 매우 어렵습니다. 상대가 점점 더 선을 넘고, 여러분을 가볍게 대하는 일이 발생하게 되는 거죠.

연애에서도 착한 척, 즉 상대방의 요구를 무조건 다 들어주는 태도는 절대 금물입니다. 건강한 연애에서의 착함이란 상대방을 존중하고 배려하며, 그 사람의 영역을 침범하지 않는 선에서 이루어져야 합니다. 그런데 상대가 여러분의 선을 넘어 심지어 영역 전체를 침범하게 만드는 것은 착한 게 아니라, 어리석은 행동일 뿐입니다. 이 점을 반드시 명심하세요. 연애는 서로가 동등한 위치에서 서로의 의견과 영역을 존중할 때 더 건강하고 행복할 수 있습니다.

"여자들이 항상 자기는 '나쁜 남자'가 좋다는데,
그 나쁜 남자의 정확한 기준이 뭔가요?
착한 남자는 싫다는 건가요?"

여자분들이 흔히 말하는 "나는 나쁜 남자가 좋다" 혹은 "나쁜 남자에게 끌린다"라는 말의 진짜 의미는, 그 남자가 정말 못되게 굴거나 자기 멋대로 행동하는 남자를 말하는 게 아닙니다. 이 말의 본질은, 아무리 사랑하고 좋아하더라도 자신의 영역과 선을 분명히 지키는 사람에게 끌린다는 뜻입니다. 다시 말해, 연애 중에도 자신의 삶의 루틴과 기준을 확고히 유지하는 사람, 그리고 그 선을 넘지 못하게 하는 사람을 매력적으로 본다는 의미죠. 이런 사람들은 연애에서 상대방을 소중히 여기고 잘해주지만, 동시에 자신의 중요한 원칙과 시간을 지키는 태도를 고수하기에 더욱 매력적입니다.

예를 들어, 어떤 남자가 여자친구와 매일 만나더라도 "수요일과 일요일만큼은 만나지 말자"라고 선을 긋는 경우가 있을 수 있습니다. 그 이유는 수요일엔 자기계발을 위한 공부를 해야 하고, 일요일엔 가족과 시간을 보내거나 친구를 만나야 하는 등 자신만의 루틴이 있기 때문이죠. 그리고 이런 약속을 단호하게 지킵니다. 여자친구가 아무리 부탁을 해도, "수요일과 일요일은 나의 시간이니까 양해해달라"고 말하며 냉정하게 거절할 줄 아는 사람입니다.

중요한 것은 이 약속을 말로만 하는 것이 아니라 행동으로도 일관되게 보여주는 겁니다. 수요일엔 실제로 공부를 하거나 크로스핏 동호회에 참석해 운동을 하는 모습을 보이고, 일요일엔 가족들과 함께 시간을 보내는 등 자신의 영역을 확실히 지켜야 합니다. 처음에는 여자친구가 서운하게 느낄 수도 있지만, 시간이 지날수록 그런 태도는 더 큰 매력으로 다가옵니다.

이런 모습은 상대방에게 "이 사람은 내 멋대로 휘둘리지 않는 단단한 사람"이라는 인상을 줍니다. 또한, "성실하고 자기계발에 힘쓰는 멋진 사람"이라는 이미지를 형성하게 되죠. 이렇게 자신의 선을 지키는 태도는 두 사람의 관계를 더욱 건강하고 안정적으로 만들어줍니다.

그러니 연애 중에도 자신의 삶과 영역을 존중하며, 이를 상대에게 자연스럽게 이해시키는 것이 중요하다는 점을 잊지 마세요.

4장

왜 나는 항상 당하고만 사는 걸까?

그 시작은 가족이었을 수도 있다

사람이 태어나 가장 먼저 맺는 관계는 바로 가족과 형제입니다. 가족은 우리가 가장 안정된 사랑과 보호를 받아야 할 곳이고, 부모는 자녀에게 중요한 가르침과 관심을 주어야 하는 존재입니다. 이런 가족에서의 경험은 사람의 인격과 가치관 형성에 지대한 영향을 미칩니다.

하지만 아이러니하게도, 가장 많은 사랑과 영향을 주는 가족이 때로는 가장 큰 상처와 고통을 주는 존재가 되기도 합니다. 그렇기에 성인이 돼서도, 상대방의 정신적 폭력에 적절한 반응을 못한 채 당하기만 하게 되기도 하고요.

저는 최근에 〈오은영의 금쪽 상담소〉라는 프로그램을 보며 이러한 현실을 다시 한번 느꼈습니다. 이 프로그램에서는 사람들이 겪는 정신적 문제와 고민을 추적하며, 대부분 그 원인이 어린 시절의 가정환경과 부모와의 관계에 있다는 것을 보여줍니다. 어릴 적 부모와의 상호작용이 무의식적으로 우리의 삶에 얼마나 깊은 흔적을 남기는지, 그리고 그것이 성인이 되어서도 사회적 관계와 성격에 영향을 미친다는 사실을 확인할 수 있었죠.

예를 들어, 결혼을 두려워하는 한 여성이 있다고 가정해 봅시다. 그녀는 사랑하는 남자친구와 결혼을 망설입니다. 문제를 거슬러 올라가 보면, 그녀의 어린 시절에 아버지가 어머니를 버리고 가정을 떠난 경험이 있었습니다. 이로 인해 남성에 대한 불신이 깊게 자리 잡았고, 그 결과 성인이 되어 좋은 사람을 만났음에도 불구하고, 결혼을 결심하지 못하게 된 것이죠.

이처럼 어린 시절 부모로부터 받은 영향은 긍정적일 수도, 부정적일 수도 있습니다. 긍정적으로 작용한다면, 의사 집안에서 의사가 나오고, 음악가 집안에서 음악가가 나오는 식으로 자연스럽게 전통과 분위기가 이어질 수 있습니다. 하지만 부정적으로 작용할 경우, 그 영향은 인생 전반에 걸쳐 악순환을 일으킬 수도 있습니다.

제가 중학교 시절 친했던 친구가 떠오릅니다. 그는 아버지에게 지속적으로 폭력을 당하며 자랐습니다. 아버지를 증오하며 장례식에서도 눈물을 흘리지 않을 정도로 깊은 상처를 받았지만, 성인이 되어 결혼 후 자신도 모르게 아이에게 손찌검을 하게 되었다며 괴로워했습니다. 자신이 증오했던 아버지의 폭력적인 모습이 자신에게서 나오자 그는 스스로를 책망하며 울었죠. 이처럼 가정폭력은 대를 이어 반복되기도 합니다. 가해자 대부분은 과거에 자신도 폭력을 경험한 사람들인 경우가 많습니다.

또 한 가지, 저는 미국에서 살다가 한국으로 돌아오면서 한국 부모님들이 자녀의 독립을 지나치게 막는다는 점을 깨달았습니다. 서구 사회에서는 자녀를 독립된 존재로 바라보고, 성인이 되었을 때 스스로 자립할 수 있도록 돕는 것이 부모의 역할이라고 여깁니다.

그러나 한국에서는 자녀의 진로부터 결혼 상대까지 부모가 지나치게 관여하는 경우가 많습니다. 이는 폭력적인 방식은 아닐지라도, 자녀를 정신적으로 억압하는 학대일 수 있습니다.

특히 교육에 대한 집착은 한국 부모님들 사이에서 매우 두드러집니다. 제가 강남 대치동에 살면서 느낀 점인데, 초등학생 아이들이 밤 9시, 심지어 10시까지 학원을 다닙니다. 저는 이걸 보고 굉장히 충격을 받았어요. 아이들은, 뛰어놀고 친구와 어울리며 정서를 발달시켜야 할 나이에 과도한 학업 부담에 시달리고 있는 겁니다. 놀이터에서 놀 친구를 찾기 어려울 정도로 학업 중심으로 돌아가는 현실을 보며, 이것이야말로 심각한 정신적 학대가 아닐까 생각하게 됩니다.

아이들이 마음껏 뛰어놀며 성장할 기회를 빼앗는 것은 단순히 공부를 강조하는 수준을 넘어서는 문제입니다. 공부도 중요하지만, 그보다 더 중요한 것은 아이들이 건강한 정신과 몸으로 성장할 수 있는 환경을 제공하는 것입니다. 부모로서 자녀의 진정한 행복과 독립을 위해 어떤 태도를 가져야 하는지 깊이 고민해야 할 때입니다.

자녀는 부모로부터
정신적 독립이 필요하다

사람이 경험하는 고통에는 세 가지 단계가 있다고 합니다. 첫 번째는 신체적인 고통입니다. 병에 걸리거나 다쳤을 때 느끼는 것으로, 병원 치료를 통해 대부분 해결할 수 있는 가장 단순한 형태의 고통입니다. 두 번째는 심리적인 고통입니다. 사랑하는 사람에게 버림받거나, 친구에게 배신당하는 등의 경험으로 인한 감정적 고통으로, 이는 적절한 상담이나 약물치료, 그리고 시간이 지나면서 어느 정도 치유될 수 있습니다.

마지막 세 번째는 영적 차원의 고통입니다. 이는 사람들이 삶에서 마땅히 가져야 할 것들을 이미 가지고 있거나 심지어 그것을 넘어섰음에도 불구하고, 여전히 느끼는 허전함과 불만족, 상실감에서 오는 고통입니다. 독일 철학자 아르투어 쇼펜하우어는 "삶은 욕망이다. 욕망이 충족되지 않으면 고통스럽고, 충족되면 지루하다"라고 말하며 인생을 고통과 권태 사이를 오가는 시계추에 비유했습니다.

종종 우리는 사회적으로 성공한 사람들이 우울증이나 공황장애를 겪거나 심지어 스스로 생명을 끊는 모습을 보며 의아해

합니다. "왜 저렇게 돈 많고 성공한 사람이 그런 선택을 하지?" 하고 말이죠. 그러나 외부에서 봤을 때 아무리 부러워보이는 삶을 살고 있어도, 영적 차원의 고통은 내면에서 오는 공허함과 무력감, 무가치감이 채워지지 않을 때 나타납니다.

제가 아는 한 친구는 명문대를 졸업하고 대기업에 다니고 있음에도 불구하고, 그 모든 것이 무가치하게 느껴진다며 우울증을 겪고 있었습니다.

그의 고통은 단순히 외부적인 조건에서 오는 것이 아니라, 자신이 삶에서 무엇을 위해 노력하는지, 자신의 존재가 무엇인지에 대한 깊은 질문에서 비롯된 것이었습니다. 이러한 무가치감이라는 마음의 바이러스는 작은 실패에도 큰 충격을 주고, 반복되면 결국 인생 자체를 포기하게 만드는 위험으로 이어집니다.

그렇다면, 이런 영적 차원의 고통을 예방하려면 어떻게 해야 할까요?

이 첫걸음은 가정에서부터 시작되어야 합니다. 부모는 자녀가 스스로를 가치 있게 느끼고 행복하게 살 수 있는 길을 찾도록 도와주어야 합니다. 부모의 역할은 자녀의 강점과 관심사를 지켜보고, 그들이 자신의 길을 찾을 수 있도록 격려하는 것입니다.

반면, 자녀는 부모로부터의 정신적 독립이 필요합니다. 부모가 준 부정적인 영향은 부모의 것이지 나의 것이 아니라는 사실을 분명히 인식해야 합니다. 폭력적이거나 부정적인 부모의 행동이 나에게 영향을 미치지 않도록 "부모는 부모, 나는 나"라는 생각을 뿌리 깊게 새기고, 자신의 길을 스스로 개척해야 합니다.

부모는 자녀를 낳아주었지만, 의외로 자녀가 어떤 사람인지 잘 모르는 경우가 많습니다. 부모가 자녀의 삶을 대신 살아줄 수 없듯이, 여러분의 인생은 오직 여러분만이 살아낼 수 있는 것입니다. 그러니 부모의 기대와 관념에 얽매여 스스로의 삶을 무가치하게 만들지 마세요.

여러분이 행복하게 잘 사는 것이야말로 부모님에게 가장 큰 선물이자, 나를 힘들게 했던 모든 것들에 대한 가장 멋진 응답입니다. 가족을 위해서 희생하며 살아가는 것이 아니라, 나 자신을 위해 살아가야 합니다. **오직 여러분만이 자신의 삶을 이끌어 갈 수 있다는 것을 잊지 마세요.**

그럼 다음 파트에서는 여기에서 조금 더 깊게 한번 들어가 볼까요? 가족들에게 상처받는 가장 큰 이유에 대해서 한번 이야기 해보겠습니다

가족이라 해서 무조건적인 이해와 사랑의 대상이 될 수는 없습니다

　사람이 가장 먼저 맺는 인간관계는 가족입니다. 부모와 형제라는 틀 안에서 안정된 사랑과 보호를 받으며 성장하는 것이 기본이죠. 하지만 가족은 또한 가장 큰 상처를 주는 존재이기도 합니다. 이 아이러니한 상황은 왜 생기는 걸까요?

　예전에 저에게 한 여성 구독자가 고민을 털어놓은 적이 있었습니다. 어렸을 때 아버지를 잃고, 어머니와 남동생을 부양하며 성장한 그녀는 학창 시절부터 아르바이트로 생계를 도왔고, 대학 등록금도 스스로 마련했습니다. 이후 좋은 직장에 취직한 뒤에는 동생의 학비와 용돈까지 책임졌습니다. 그런데 이제 그녀가 자신의 미래를 준비해야 하니 가족 지원을 멈추겠다고 선언했을 때, 어머니와 남동생이 그녀를 비난하며 절대 안 된다고 강하게 반발한 것입니다. 그녀는 가족을 위해 헌신한 자신이 오히려 "나쁜 사람"으로 몰리는 상황에 큰 상처를 받았고, 결국 우울증까지 겪게 되었다고 했습니다.

　이 이야기를 듣고 저는 장윤정 씨와 박수홍 씨가 떠올랐습니다. 장윤정 씨는 어린 시절부터 가족을 부양하며 모든 재정을 책임졌지만, 나중에 자신의 재산이 모두 탕진된 사실을 알게 되었습니다. 심지어 가족으로부터 모욕적인 언행과 법적 갈등까지 겪었죠. 박수홍 씨 또한 가족을 위해 평생 헌신했지만, 독립을 선언하자마자 폭언과 가짜 뉴스에 시달리며 법적 분쟁까지 시달리게 됐습니다.

이러한 사례를 보면 가족이라는 관계의 본질에 대해 의문을 품지 않을 수 없습니다. 왜 가족이란 존재가 이렇게 모순적일까요?

심리학적 관점에서, 가족은 하나의 유기체와도 같습니다. 가족 내 특정 역할을 담당하던 사람이 그 자리를 비우게 되면 다른 누군가가 그 역할을 대신해야 한다는 점에서 문제가 시작됩니다. 아버지가 부재한 상황에서 자녀가 그 역할을 대신하거나, 경제적으로 무능한 부모 대신 자녀가 가족을 부양하는 상황이 생기는 겁니다.

이런 환경에서 자녀는 자신의 역할을 거부하거나 독립하지 못하고 계속해서 희생을 강요받는 경우가 많습니다. 문제는 가족들이 이 희생을 당연하게 여기고, 심지어 "권리"로 인식하는 순간부터 발생합니다. 그리고 이러한 관계가 깨지려고 할 때, 가족들은 극도의 분노와 배신감을 느끼며 비합리적인 행동을 하기도 합니다.

가족이란 관계가 가장 소중한 동시에 가장 큰 상처를 주는 이유는 무엇보다도 가족은 우리가 사랑하고, 사랑받기를 기대하는 관계이기 때문입니다. 관심도 없고 애정도 없는 타인에게는 상처받을 일이 없지만, 가족에게는 그 기대와 애정이 있기 때문에 상처가 더욱 깊어지는 것입니다.

이런 현실을 마주하며, 저는 이렇게 말씀드리고 싶습니다.

가족에게 필요한 것은 역할과 책임의 균형입니다. 가족이란 각자의 역할을 존중하며 서로 돕는 관계여야 합니다. 경제적 책임이 특정 구성원에게만 과중되지 않도록 합리적으로 나눌 필요가 있습니다.

그리고, 가족으로부터 완전한 독립을 해야 합니다. 가족이라는 이름 아래 스스로를 희생하지 마세요. 어른이 된 이후에는 부모와 자식 모두 각자의 삶을 살아야 합니다. 부모는 자녀를 통제하려 하지 말고, 자녀는 부모의 삶을 대신 살아주려 하지 마세요.

또한 착한 아이 증후군에서 벗어나야 합니다. 남을 위해 지나치게 희생하며 자신의 권리를 포기하는 것을 미덕으로 여기지 마세요. 나 자신을 우선시하고, 필요한 선을 지키며 거절할 줄 아는 자세가 중요합니다.

마지막으로, 부모는 자녀에게 사랑과 지지를 주되, 자녀의 독립적 존재로서의 삶을 존중해야 합니다. 자녀 역시 부모와 가족을 사랑하되, 자신의 삶의 주체가 되는 길을 선택해야 합니다. 가족이란 서로를 지지하고 존중하는 관계일 때 가장 아름답습니다. 하지만 그 관계가 개인의 삶을 짓누르기 시작한다면, 건강한 거리두기가 반드시 필요합니다.

무례한 가족 구성원을
현명하게 대처하는 법

    제가 그동안 유튜브에서, '다양한 인간관계 속에서 상처받지 않고 당당하게 자신의 선을 지키는 방법'에 대해 이야기를 나눠 왔는데요, 그와 관련해 항상 따라오는 질문들이 있었습니다.

"아버지가 그런 무례한 사람인데 어떻게 해야 하나요?"
"어머니가 그런 성격인데 어머니에게도 그렇게 해야 하나요?"

사람들이 자주 고민하는 질문 중 하나가, 자신을 무례하게 대하고 심지어 가스라이팅까지 하는 가족들에게도 똑같이 단호하게 대해야 하는가에 관한 것입니다.

이런 고민을 해결하기 위해서는 가족을 바라보는 시선을 조금 바꿔볼 필요가 있습니다.

먼저, 부모님을 특별한 존재로 여기지 않는 연습이 중요합니다. 부모님을 아버지나 어머니라는 이름이 아닌, 한 명의 남자 혹은 여자, 즉 독립적인 개인으로 바라보는 것이죠. 이렇게 시선을 바꾸기만 해도 가족과의 갈등에서 일어나는 정신적인 스트레스가 상당히 줄어듭니다.

저도 40대가 되고 아이들을 키우다 보니, 부모님을 새로운 시각으로 바라보게 되었습니다.

저희 부모님은 20대 초반에 결혼하시고 저를 낳으셨습니다. 제가 고등학생일 때 두 분은 지금의 제 나이와 비슷한 30대 후반에서 40대 초반이었죠. 이 사실을 떠올리면서, 어린 시절 부모님에게 받았던 상처나 이해가 가지 않았던 행동들이 비로소 이해되기 시작했습니다. 당시의 부모님도 아직 젊고 완벽하지 않은 사람들이었으니까요.

현재 43살인 저도 여전히 완벽한 성숙함을 갖추지 못했다고 느끼는 만큼, 당시의 부모님도 같은 상황이었을 겁니다. 자식을 낳았다고 해서 갑자기 인격적으로 훌륭해지거나 성숙해지는 것은 아니니까요. 제 주변이나 공공장소에서 아이를 데리고 다니는 부모들을 보면서 느낀 건, 완벽한 부모란 현실적으로 존재하기 어렵다는 사실입니다.

어느 잡지에서 본 한 어머니의 인터뷰가 기억납니다. 그 어머니는 "열 손가락 깨물어서 안 아픈 손가락은 없지만, 분명히 더 아픈 손가락과 덜 아픈 손가락은 있더라"고 말했습니다. 이 말을 보고 저는 큰 깨달음을 얻었습니다. 부모님도 완벽하거나 대단한 존재가 아니며, 그저 인간이라는 사실을요. 이 깨달음은 부모님으로부터 받았던 상처를 덜어내고, 그들을 한 인간으로 이해하는 계기가 되었습니다.

성인이 되어 독립하고 물리적으로 부모님과 거리가 생기면서, 어릴 적 상처들은 점차 희미해졌습니다. 부모님과 함께 살 때는 마찰이 더 잦기 마련입니다. 이는 자식이 잘못을 해서라기보다는 부모님이 자식에게 잔소리를 하거나 간섭하기 때문인 경우가 많습니다. 대부분의 부모님은 자식이 자신이 기대하는 모습에 미치지 못한다고 느낄 때 잔소리를 하곤 합니다.

"왜 취업을 못하냐?" "살 좀 빼라." "그거밖에 못하냐, 내가 창피해서 못 살겠다."

이런 부모님의 말들은, 자식을 통해 자신의 존재를 확인하려는 심리에서 비롯됩니다. 부모님에게 자식은 자신의 연장선이고, 자신이 이루지 못한 꿈을 대신 이뤄줄 특별한 존재로 보이기 때문에, 자식이 자신의 기대에 미치지 못한다고 느끼면 고민이 생기고, 이를 해결하기 위해 끊임없이 고치려 하며 때로는 상처를 주는 말까지 하게 됩니다. 이런 행동이 도를 지나치면 정신적인 학대로 까지 이어질 수도 있습니다.

그런데 자식은 부모에게 "왜 백만장자가 아니냐?" "왜 강남에 집을 사지 않았냐?"와 같은 요구를 하지 않습니다. 이는 부모를 배려해서라기보다, 그러한 요구가 현실적으로 가능하지 않다는 걸 알기 때문입니다.

반면 부모는 자신이 부족하더라도 자식만큼은 특별하고 가능성이 무한한 존재라 생각합니다. 아이를 키우다 보면 "혹시 이 아이가 천재가 아닐까?"라는 생각이 들 만큼요. 이런 믿음 때문에 부모는 자식을 더 나은 방향으로 이끌기 위해, 때로는 상처를 주는 말이나 충격요법을 사용하려 하죠.

부모님의 이런 태도를 완전히 이해하기는 어렵겠지만, 상처받지 않으려면 이렇게 생각해보세요.

"아, 저분들은 나를 위해 그런 말을 하시는 거구나." 그렇게 **받아들이고, 마음속으로 적당한 거리를 유지하세요.** 그러나 부모님이 선을 넘는 무례한 말이나 심한 상처를 주는 경우, 그들이 완벽하지 않은 미성숙한 존재임을 인지하고, 나쁜 의도가 아니라는 사실을 아는 선에서 넘기면 충분합니다.

그렇지만 부모님의 간섭과 참견, 그리고 상처 주는 말들로부터 진정으로 벗어나고 싶다면, 방법은 단 하나입니다.

바로 독립입니다. 최대한 빨리 집에서 나오는 것을 목표로 하세요. 경제적, 물리적으로 부모님의 울타리 안에 있으면, 그들이 어느 정도 여러분의 인생에 참견할 권리는 있다고 봐야 합니다. 낳아주시고, 키워주시고, 지금도 먹여주고 재워주는 존재라면, 그 정도 참견은 감수해야 하는 게 현실입니다. 부모님의 울타리에 머물면서 잔소리는 듣기 싫고 간섭받기도 싫다는 건, 정말 이기적인 생각일 수도 있습니다.

여기서 말하는 독립은 단순히 경제적으로나 물리적으로 떨어지는 것만을 뜻하지 않습니다. 정신적인 독립도 포함됩니다. 부모님의 사고방식에서 벗어나 자신의 삶을 스스로 개척하지 못한다면, 결국 인생 전반이 불행해질 가능성이 큽니다.

부모님에 대한 환상을 버리세요

저희 부모님은, 사람이 반드시 공부를 잘해서 좋은 대학에 진학하고, 안정된 직장을 얻어 평생을 월급쟁이로 살아가는 것이 가장 이상적인 삶이라고 믿으셨습니다. 그래서 부모님은 제가 언제나 그 이상적인 인생관에 부합하길 원하셨죠.

하지만 저는 늘 그런 기대와는 다른, 저만의 길을 걸어왔습니다. 부모님은 그런 저의 삶이 불안해 보이고, 마음에 들지 않으셨겠지만, 지금 저는 그 누구보다도 만족스럽게 잘 살아가고 있습니다.

그리고 저뿐만 아니라, 어린 시절부터 부모님의 기대에서 벗어나 자신이 하고 싶은 일을 찾아 살아가는 사람들의 삶의 만족도가 훨씬 높다는 걸 주변에서 자주 봅니다. 부모의 정신세계에 속하지 않는 정신적 독립이 왜 중요하냐면, 그것이 바로 인생의 질과 행복감을 좌우하는 중요한 요소이기 때문입니다.

따라서, 무례하고 상처 주는 부모와의 관계에서 벗어나기 위해선 부모님에 대한 환상이나 이상향을 버리는 것부터 시작해야 합니다. 어릴 때부터 적절한 거리를 유지하는 연습도 필요하죠. 더불어, 정신적인 독립뿐만 아니라, 물리적으로도 독립해 나와 부모의 생활이 분리되도록 만들어야 합니다. 부모를 완벽한 존재가 아닌, 미성숙하고 불완전한 사람으로 바라보는 것도 큰 도움이 됩니다. 그리고 부모님에게 어떤 상처를 받더라도 그것이 원망이나 미움으로 번지지 않도록 스스로를 잘 다스리세요.

이것들만 잘 기억하고 실천하셔도, 여러분의 정신 상태와 부모님과의 관계는 한결 좋아질 것입니다. 하지만, 부모와의 관계에서 발생한 불행을 계속 곱씹고 부정적인 방향으로만 집중하면, 결국 스스로를 불행 속에 가두게 될 것입니다. 이러한 불행의 고리를 끊기 위해선 부모는 부모대로의 인생을, 나는 나대로의 인생을 사는 것이 정말 중요합니다.

가족은 삶을 살아가는 원천이자 힘이 되기도 하지만, 매일 얼굴을 보고 가까이 지내면서 상처를 주고받는 애증의 대상이 되기도 합니다. 그렇다면 이러한 가족 간 애증의 상황에서 벗어나기 위해선 어떻게 해야 할까요?

제일 중요한 것은 현재의 나 스스로를 바꾸는 것입니다. 내가 생각하는 것과 가족이 생각하는 것은 충분히 다를 수 있다는 걸 인정하세요. 그러기 위해서는, 갈등과 애증 속에서 변화를 만들기 위해 반드시 자신의 시선과 생각을 바꿔야 합니다. 부모님이든 형이든 누나든 동생이든, 모두 미성숙한 존재라고 여기고, 나 또한 미성숙한 인간이라는 사실을 빨리 받아들이는 게 중요합니다.

아무리 가족이라도 그들 인생은 그들의 인생입니다. 가까운 사이라는 이유로, 가족이라는 이유로 상처를 준다면 반드시 그 선을 분명히 그어야 합니다. 앞서 이야기했던 기본적인 인간관계의 공식이 여기서도 똑같이 적용됩니다.

가족을 사랑하고 존중하되, 그들과는 별개로 나만의 인생을 살며, 나만의 선을 지키는 것. 그것이 가족 간에도 필요한 경계선입니다.

부모님들이 흔히 하는 착각

시대가 변하면서 부모님들의 사고방식도 많이 바뀌고 있지만, 여전히 대한민국 부모님들 사이에 만연한 착각이 하나 있습니다.

바로 자식에게 모든 걸 올인해 뒷바라지하면, 자식이 성인이 되어 자신의 노후를 책임질 것이라는 믿음이죠.

물론 부모가 자식을 위해 희생하는 마음은 이해할 수 있습니다. 지금은 어렵게 살더라도 자식만큼은 부족함 없이 키우고 싶다는 마음, 사교육비를 아끼지 않으며 명문대 진학과 성공적인 미래를 위해 노력하는 마음은 부모로서 자연스러운 감정이죠. 하지만 이런 사고방식은 오늘날 100세 시대를 살아가는 우리에게 있어 매우 위험한 접근일 수 있습니다.

예를 들어, 지금은 대기업 직원들도 50대 중반에 은퇴하는 경우가 흔합니다. 만약 55세에 은퇴한 부모님이 자식의 사교육비와 유학비 등으로 재산을 모두 소진하고, 노후 대비 자금이 없는 상태라면 어떻게 될까요? 남은 45년의 삶 동안 자식에게 의지할 수 있을까요?

물론 자식이 의사, 변호사처럼 고소득 전문직이 되거나 큰 성공을 거둔다면 가능할 수도 있겠죠. 하지만 현실적으로, 부모로부터 모든 지원을 받은 자식이라 할지라도 대부분은 자기 생활을 꾸리기도 버겁습니다. 자녀가 부모의 노후까지 책임져야 한다면, 그것은 사랑을 넘어서 부담이 되고, 심지어 형벌에 가까운 요구가 될 수 있습니다.

제 친구 한 명이 떠오릅니다. 이 친구는 중학교 때부터 만화 그리기에 남다른 소질이 있었습니다. 수업 시간마다 노트에 만화를 그렸고, 그 만화를 친구들끼리 돌려볼 정도로 그림 실력이 뛰어났죠. 이 친구의 꿈은 만화가였고, 주변 친구들도 모두 그의 재능을 인정하며 만화가의 길을 응원했습니다.

하지만 그의 부모님은 명문대 출신으로, 학문적 성취를 중시하는 가정 분위기 속에서 자랐습니다. 그 결과, 만화가를 꿈꾸는 아들의 길을 강력히 반대했죠. 부모님의 반대가 워낙 심해서 결국 친구는 자신의 꿈을 포기할 수밖에 없었습니다.

공부에는 큰 소질이 없던 친구는 중학교부터 고등학교까지 학원과 과외에 시달리며 새벽까지 공부했지만, 결국 서울에 있는 4년제 대학에 진학하지 못하고 지방대에 합격했습니다. 부모님은 지방대에 보내는 것도 탐탁지 않아 하셨고, 결국 친구를 군대에 보내더니 군 제대 후에는 원치 않던 유학길에 억지로 올려놓았습니다.

그 친구는 30대 중반에 한국에 돌아와 저와 다시 만나게 되었습니다. 오랜만에 만나게 되어 그간 어떻게 지냈는지 물었더니, 그의 이야기는 충격적이었습니다. 집안이 완전히 풍비박산이 나버렸다는 겁니다.

그의 아버지는 친구와 동생을 미국으로 유학 보냈는데, 어느 날 사업이 망하면서 유학비와 생활비가 모두 끊겨버렸다고 했습니다. 갑작스러운 상황에 친구는 당장 한국으로 돌아와 부모님을 부양해야 하는 처지에 놓였습니다.

하지만 친구는 물론 동생까지도 유학 시절 동안 부모님의 지원 아래 아무 걱정 없이 살다가 갑자기 닥친 경제적 현실을 마주하게 되니, 앞으로 어떻게 살아가야 할지 막막하기만 했습니다. 설상가상으로 부모님까지 부양해야 하니 정신적으로도 완전히 지쳐 있더군요.

현재 그는 부모님과 작은 빌라에서 함께 살고 있지만, 문제는 가족 간의 관계가 완전히 파탄 났다는 점이었습니다.

아버지의 입장에서는 이런 상황이 너무 억울한 겁니다. 자신은 한평생 뼈 빠지게 일하며 자식을 위해 모든 걸 바쳤는데, 이제는 노후를 책임져 줄 거라 기대했던 자식들이 자신을 돌보지 않으니 분노가 치밀었다고 했습니다. 아버지는 "내가 너희를 어떻게 키웠는데, 이제 와서 나 하나 책임지지 못하냐"며 온갖 막말을 쏟아내곤 했습니다.

하지만 친구의 입장은 달랐습니다. 그는 어렸을 때부터 하고 싶었던 만화를 그릴 기회를 빼앗기고, 원치 않는 공부를 강요당하며 10대 시절을 보냈습니다. 그는 억울함을 토로하며 이렇게 말했습니다.

"내가 유학을 가고 싶어서 간 것도 아니고, 지방대 가는 게 부끄럽다는 이유로 억지로 미국으로 보낸 거잖아. 왜 이제 와서 내가 부모님을 부양해야 돼? 노후대비도 없이 왜 나한테 올인한 거야?"

그 말에 저는 물었습니다.

"그래도 유학 시절 부모님께서 학비와 생활비를 대준 건 고마운 일이 아니냐?"

하지만 친구는 단호하게 말했습니다.

"전혀 고맙지 않아. 나는 하고 싶은 꿈까지 포기하면서 부모님이 정해준 전공을 공부하기 위해 유학까지 갔는데, 내 청춘과 꿈을 빼앗긴 것 말고 내가 얻은 게 뭐야?"

친구의 이야기를 들으며, 저는 그 상황이 참으로 끔찍한 가정의 비극이라는 생각이 들었습니다. 부모님은 자식을 위해 모든 걸 바쳤지만, 자식은 그 희생을 감사가 아닌 억압으로 받아들였던 겁니다. 양쪽 모두 자신이 피해자라고 느끼며 서로를 원망하는 모습이, 이 상황을 더 비극적으로 만들고 있었습니다.

다행히 친구는 뒤늦게 웹툰 작가로 데뷔하며 어느 정도 경제력을 갖추게 되었고, 현재 부모님과 함께 살며 생활비를 책임지고 있습니다. 하지만 부모님에 대한 마음의 상처는 여전히 남아 있고, 그로 인해 결혼은 전혀 생각하지 못한 채 40대 중반을 홀로 지내고 있습니다.

이 이야기를 통해, 부모와 자식 간의 관계에서 일방적인 희생과 기대는 결코 좋은 결과를 낳지 못한다는 사실을 다시금 깨닫게 되었습니다.

사실 생각보다 이런 집안은 흔합니다. 앞서 친구의 이야기는 다소 극단적인 예일 수 있지만, 부모와 자식 간의 동상이몽으로 인해 모두가 불행해지는 경우는 정말 많습니다.

그렇다면 만약 그 친구의 부모님이 조금 다른 태도를 보였다면 어땠을까요?

"그래, 네가 만화를 그리고 싶다면 네 인생이니 마음껏 꿈을 펼쳐봐라. 대신 너가 성인이 되는 순간부터는 모든 지원을 끊겠다. 우리도 우리의 노후를 대비해야 하니까. 성인이 되는 순간부터, 너는 너의 인생을 살아라. 다만, 정말 힘든 일이 생기면 우리가 가끔 경제적으로 도와줄 수는 있지만, 반드시 갚아라."

만약 부모와 자식이 이런 식으로 서로의 선을 지키며 인생을 살았다면 결과는 어떻게 달라졌을까요? 친구는 경제적으로 다소 힘들었을 수 있지만, 자신의 꿈을 펼치며 행복한 인생을 살았을 가능성이 높습니다. 정말 어려운 순간 부모님께 도움을 요청했고, 약간의 경제적 지원을 받았다면 감사함을 느끼며 부모님을 더욱 소중히 여겼겠지요.

제가 예전에도 이야기했던 적이 있습니다. "호의가 계속되면 권리인 줄 안다." 이 말은 부모와 자식 간의 관계에서도 통용되는 인생의 진리입니다. 부모와 자식 역시 인간관계의 한 형태일 뿐입니다.

자식의 입장에서 부모님이 아무런 조건 없이 지속적으로 지원해주면, 처음에는 고마움을 느낄 수 있습니다. 하지만 시간이 지나면 그 호의에 무뎌지고, 결국 지원을 당연하게 여기게 됩니다. 그렇게 되면 나중에는 지원을 받는 것에 대해 감사함조차 느끼지 못하게 되죠.

반대로, 정말 필요할 때, 예컨대 내가 열심히 살고 있는데도 힘든 시기라거나, 배우고 싶은 일이 있는데 돈이 부족할 때 부모님이 경제적 지원을 해준다면, 그 지원의 소중함과 고마움을 더 깊이 깨닫게 됩니다. 이것이 부모와 자식 간에도 선을 지키는 태도가 필요한 이유입니다.

제가 생각하기에 부모가 자식을 대하는 방식은 미국식 접근법을 참고할 필요가 있다고 봅니다. 미국에서 살던 시절, 친하게 지내던 한 미국인 부부가 있었습니다. 그들에겐 다 큰 두 아들이 있었는데, 어느 날 그 부부가 제 가게에 찾아와 굉장히 밝은 표정으로 저를 안으며 작별 인사를 했습니다.

제가 "무슨 일이냐"고 묻자, 그들은 "우리는 이제 해방되었다. 우리 부부는 동남아 태국으로 이민을 가서 말년을 행복하게 보낼 예정이다"라고 말했습니다. 그들의 표정은 정말 밝고 행복했습니다. 제가 "아이들이 아직 20대 초반인데 너무 이른 거 아니냐, 등록금은 어떻게 하냐"고 물었더니, 그들은 아주 당연한 듯 이렇게 말했습니다.

"왜 우리가 그걸 신경 써야 하죠? 그건 이제 아이들 스스로 알아서 할 일이에요."

그 말을 들었을 때, 저는 정말 머리를 한 대 얻어맞은 느낌이었습니다.

대한민국의 현실은 어떨까요? 우리나라 부모님들은 어떻습니까? 10대 시절엔 공부하라고 강요하고, 성인이 되면 진로를 간섭하며, 배우자 선택에도 개입합니다. 심지어 자녀가 결혼해서 독립한 후에도 며느리나 사위에 대한 불만을 토로하며 간섭을 멈추지 않습니다. 자식이 한 가정의 가장이 되었음에도 불구하고, 여전히 손에서 놓지 못하는 경우가 많습니다.

이런 방식은 결국 부모와 자식 모두를 불행하게 만듭니다. 대한민국의 노인 빈곤율과 자살률이 세계 1위라는 현실은 결코 우연이 아닙니다.

부모도, 자식도 각자의 선을 지켜야 합니다. 부모의 문제뿐 아니라, 자식의 마인드 또한 바뀌어야 합니다. 성인이 되면 반드시 경제적으로 독립해야 하며, 부모와 심리적·물리적 거리를 두어야 합니다.

미성년자일 때는 부모님의 울타리 안에서 보호받으며 어느 정도 간섭을 받을 수 있지만, 성인이 된 이후에도 부모의 간섭을 허용하는 것은 자신의 책임입니다.

좁은 원룸이든 고시원이든, 등 따뜻하고 잘 공간만 있으면 독립하는 것부터 시작하세요. 그리고 부모님의 도움이 필요하다면, 당당하게 도움을 요청하고, 반드시 나중에 갚겠다는 약속을 하세요.

만약 부모님이 "괜찮다, 갚지 않아도 된다"고 하더라도, 억지로라도 갚으세요. 그런 태도가 가족 내에서 존중을 받을 수 있는 태도입니다.

성인이 되고도 부모님의 경제적 지원을 받으면서, 동시에 "내 인생에 간섭하지 마!"라고 요구하는 것은 미성숙한 태도입니다. 성인이 된 이상, 부모와 자식 사이라도 기본적인 인간관계의 틀에서 벗어나지 않는다는 것을 명심하세요. 부모님의 간섭이 싫다면, 경제적 독립부터 시작하십시오.

친구를 사귀는 데 어려움을 겪고 있다면 반드시 기억해야 할 2가지

인생에서 절대로 뗄 수 없는 중요한 인간관계 중 하나가 바로 친구입니다.

저의 유튜브 채널에도 친구와 관련된 고민 댓글이 정말 많습니다. 많은 분들이 친구와의 관계에서 상처를 받거나, 갈등을 겪는 경우를 털어놓습니다.

"친구가 없어서 고민입니다."

"친구 때문에 스트레스 받아서 고민입니다."

"이런 친구 계속 만나야 하나요?"

"이런 친구가 있는데 손절할까요?"

"친구"라는 존재는 삶에 활력을 주고 정신적으로 기댈 수 있는 편안한 존재이기도 하지만, 때로는 스트레스의 원인이 되기도 합니다. 특히 친구에 대한 고민 중 가장 많은 질문은 다음과 같은 내용입니다.

"나는 친구가 너무 없어서 인생을 잘못 산 것 같다."

"친구가 없어서 고민이다."

이처럼 친구가 적거나 없다는 이유로 자신이 잘못된 인생을 살아온 게 아닌가 하는 자괴감이나 우울감을 느끼는 사람들이 적지 않습니다.

그렇다면, 친구가 없는 이유는 무엇일까요? 크게 세 가지 경우로 나눌 수 있습니다.

1. 성격 문제로 인해 친구가 없는 경우

성격이 너무 까칠하거나, 이기적이거나, 의리가 없는 등 사람들과 잘 어울리지 못하는 성격 때문에 친구를 사귀지 못하는 경우입니다.

2. 혼자 있는 것을 선호하는 성격의 경우

워낙 혼자 있는 것을 좋아하거나, 사람이 많은 모임 자체가 맞지 않는 성격인 경우입니다. 이런 분들은 의도적으로 사람들과 관계를 맺으려 하지 않기 때문에 자연히 친구의 숫자가 적을 수밖에 없습니다.

3. 친구를 사귀고 싶지만 어려워하는 경우

친구를 많이 사귀고 싶어도 어떻게 접근해야 할지 모르거나, 관계를 유지하는 방법을 몰라 친구를 만들지 못하는 경우입니다.

저 같은 경우는 두 번째 유형에 속하는데요. 지금 친한 지인은 많지만, 친구라고 자신 있게 말할 수 있는 사람은 3명도 채 되지 않습니다. 겉보기에는 사람들과 잘 어울리고 활동적일 것 같다는 말을 듣기도 하지만, 사실 저는 술을 좋아하지 않고, 술자리도 별로며, 사람들이 많이 모이는 각종 모임도 불편해합니다. 대학 시절에도 엠티나 단합대회 같은 행사에는 거의 참석하지 않을 정도로요.

그렇기 때문에 친구가 많지 않다는 사실에 아주 가끔 외롭다고 느끼거나, "내가 너무 관계를 소홀히 한 건 아닐까?" 하는 생각이 들 때도 있지만, 그 고민은 잠깐일 뿐입니다. 왜냐하면, 세상에는 이유 없는 결과가 없기 때문입니다.

현재 친구가 많은 사람들은 그만큼 사람들과의 만남과 관계를 위해 시간을 투자하고, 돈을 쓰며, 공감을 나누는 노력을 기울였기에 지금의 결과를 얻은 겁니다. 반면 저는 그런 노력을 기울이지 않았기에 친구가 적은 것도 당연하다고 생각합니다. 노력하지 않았으면서 친구가 없다고 불평하는 건 애초에 말이 안 되는 일이죠. 세상에 공짜는 없으니까요.

이처럼 저 같은 두 번째 유형, 즉 자발적으로 친구 관계를 넓

히지 않고 자기만의 시간을 즐기는 사람들도 꽤 많습니다. 저의 경우에는 혼자 있을 때 가장 나다워지고, 마음이 편안합니다.

혼자 카페에 가서 책을 읽거나, 등산이나 런닝을 하고, 헬스장에서 운동하거나 하고 싶었던 공부를 하거나, 맛있는 음식을 먹으러 다니는 시간이 저에게는 소중하고 행복한 순간들입니다.

하지만 이런 저에게 종종 이런 질문을 하는 사람들이 있습니다.

"야, 너는 친구들 만나서 술도 안 마시고, 골프도 안 치고, 낚시도 안 다니고, 담배도 안 피우고.. 그러면 무슨 재미로 인생을 사냐?"

그 질문은 그들이 자신만의 즐거움과 기준으로 저를 판단하기 때문에 나오는 것일 겁니다. 자기 방식이 즐겁고 행복하니까, 저처럼 다른 방식으로 사는 사람을 이해하지 못하는 거겠죠.

저는 그런 질문을 들을 때마다 이렇게 생각합니다.

"친구들과 어울려 술 마시고 골프 치고 낚시 다니는 걸 안 한다고 해서 인생이 재미없다면, 그게 오히려 정말 불행한 인생이 아닐까?"

저는 그렇게 생각합니다.

이건 단순히 서로 생각이 다른 겁니다. 세상은 넓고, 다양한 사람들이 살아가기에 친구를 대하고 바라보는 시선도 각기 다를 수밖에 없죠. 하지만 자기와 다르다는 이유로 이해하지 못한다는 건 정말 편협한 태도라고 봅니다.

이상하게 한국 사회에서는 아직까지 혼자 있거나 친구가 적은 사람을 불쌍하게 바라보는 시선이 있는 것 같습니다. 친구가 적다고 해서 그 사람이 동정받아야 할 이유는 전혀 없습니다. 그렇다고 친구가 많은 사람을 부러워하거나 동경할 필요도 없습니다. 그냥 다를 뿐이에요.

중요한 건, 자기 스스로가 만족하는 선택을 하며 사는 겁니다. 그게 친구가 많든 적든, 혹은 혼자만의 시간을 더 소중히 여기든, 각자의 삶에 만족하면 그걸로 충분한 거죠.

하지만 이 세 가지 경우 중에서 가장 안타까운 건 바로 세 번째 케이스입니다.

본인은 친구를 많이 사귀고 싶어 하지만, 성격이나 타고난 성향 때문에 친구를 사귀는 게 어려운 경우죠.

첫 번째처럼 성격이 안 좋거나 이기적이고 의리가 없어서 친구가 없는 경우라면, 이는 어느 정도 자업자득일 수 있습니다. 두 번째처럼 혼자 있는 시간을 더 좋아해 스스로 사람들과의 만남을 줄이는 경우라면, 이는 본인이 선택한 삶이니 별 문제가 되지 않겠죠.

그런데 세 번째 케이스는 다릅니다. 성격에도 아무런 문제가 없고, 오히려 배려심 많고 착함에도 불구하고 친구를 사귀고 싶어도 그러지 못하는 상황이라면, 그것만큼 안타까운 일도 없다고 생각합니다.

자, 그렇다면 제가 지금까지 경험을 통해 살펴본, 성격에 문제가 없음에도 친구를 사귀는 데 어려움을 겪는 분들의 두 가지 주요 특징과 그 해결 방법에 대해 정리해 보겠습니다.

첫 번째 특징은 생각이 너무 많다는 것입니다.

친구를 사귀는 데 어려움을 겪는 분들은 대개 생각이 많습니다.

사람과 사람 사이의 관계는 대화의 타이밍이 굉장히 중요합니다. 상대가 어떤 이야기를 할 때 적절히 공감하고, 상황에 맞는 반응을 보여야 하죠. 슬픈 이야기에는 위로를, 즐거운 이야기에는 웃음을 함께 나누면서 자연스럽게 관계가 발전합니다. 하지만 세 번째 케이스에 속하는 분들은 이런 과정이 어색하고, 힘들게 느껴지는 경우가 많습니다.

이들은 대화 중에도 머릿속에서 끊임없이 생각을 합니다.

"내가 이 타이밍에 이런 이야기를 하면 상대가 날 어떻게 생각할까?" "지금 내가 하는 이야기가 재미있을까? 아니면 지루하게 들릴까?"

이처럼 지나치게 많은 고민과 생각은 결국 자신을 얽매이게 하고, 대화 속 자연스러운 흐름을 방해하게 됩니다.

사실, 이러한 성향은 굉장히 세심하고 배려심 있는 성격에서 비롯된 것입니다. 이는 큰 장점일 수도 있지만, 지나치게 남의 눈치를 보게 되면 자신의 매력이 발휘되지 못하고, 대화가 어색해지거나 경직될 수 있습니다.

주변에서 인기가 많은 사람들을 보면, 대개 타인의 반응에 대해 지나치게 고민하지 않습니다. 그렇다고 해서 그들이 배려심이 없는 사람은 아닙니다. 오히려 그들은 솔직하고 자연스러운 태도를 통해 상대에게 편안함을 줍니다.

이처럼 '모든 걸 완벽하게 해야 한다'는 부담을 내려놓고, 적당한 선에서 배려와 솔직함을 조화롭게 활용하는 것이 중요합니다. 이 첫 번째 문제를 해결하면 관계 속에서 더 자연스럽고, 대화에서도 자신감 있는 모습을 보여줄 수 있을 것입니다.

두 번째 특징은 상대방의 단점에만 집중하는 것입니다.

요즘 흔히 사용되는 인터넷 용어로 '프로불편러'라는 표현이 떠오르는데, 이는 상대방의 행동, 말투, 성격 등에서 자신이 마음에 들지 않는 단점만을 골라내며 불편함을 느끼는 사람을 뜻합니다. 친구를 사귀는 데 어려움을 겪는 분들 중 상당수가 이 유형에 속합니다.

예를 들어,
"저 사람은 밥을 쩝쩝거리며 먹어서 싫다."
"말이 너무 많아서 불편하다."

"말투가 거칠어서 불쾌하다."

"술을 너무 많이 마셔서 싫다."

"너무 짠돌이라 마음에 들지 않는다."

이처럼 특정한 행동이나 성격이 마음에 들지 않으면 그것만 바라보고, 그로 인해 관계를 단절하기도 합니다. 물론, 자신의 취향과 기준이 있다는 것은 좋은 일입니다. 그러나 세상에 완벽한 사람은 없으며, 자신의 기준에 완벽히 부합하는 사람을 찾는 일은 거의 불가능합니다. 설령 그런 사람을 만난다고 해도, 상대가 여러분과 친해지고 싶어할 가능성까지 고려하면 더욱 희박하죠.

저는 학창시절, 대학 시절, 군대, 미국에서의 생활, 그리고 지금까지도 많은 친구를 사귀는 데 소극적인 성격이었어요. 하지만 어디에 있든 반드시 나와 잘 맞는 한두 명의 소중한 사람은 꼭 만들었고, 그들과는 지금까지도 깊고 좋은 관계를 유지하고 있습니다. 언제든 연락할 수 있고, 만나자고 하면 만날 수 있는 관계죠.

제 방법은 간단합니다

그 사람 자체를 좋아하면 됩니다. 색안경을 끼거나 선입견을 가지고 바라보지 않고, 상대를 있는 그대로 받아들이세요. 그 사람을 통해 무엇인가를 얻으려 한다거나 도움을 받으려는 목적이 개입되면, 그 관계는 언젠가는 반드시 오염됩니다.

사람의 직감은 참 무섭습니다.

상대방도 내가 목적성을 가지고 다가간다는 걸 느끼기 마련이죠. 결국 중요한 것은 나와 그 사람 사이에 인간적인 믿음과 감정의 공유가 있어야 한다는 겁니다.

생각이 너무 많은 것
상대방의 단점에만 집중하는 것

이 두 가지를 고치려고 노력한다면, 친구를 사귀는 데 큰 효과를 보게 될 것입니다. 결국, 사람들과 좋은 관계를 형성하는 것은 노력과 태도의 문제이니까요.

반드시 손절해야 할 친구의 2가지 유형

이번 주제는 '반드시 손절해야 할 친구의 유형'입니다.

이 이야기를 시작하기에 앞서, 제가 이전에 말씀드렸던 내용을 잠깐 상기해볼게요.

"친구를 사귀는 데 어려움을 겪는 사람들의 특징 중 하나가 상대방의 단점에만 집중하는 것"이라고 말씀드린 적이 있었죠. 세상에 완벽한 사람은 없고, 마음에 들지 않는 점이 있다고 해서 모두 손절하려 한다면 결국 함께할 수 있는 사람은 거의 없을 겁니다.

하지만 오늘 제가 드릴 이야기는 그런 차원의 이야기가 아닙니다.

반드시 손절해야 할 친구란, 단순히 단점이 있는 사람이 아니라, 가까이할수록 나의 정신과 삶을 나쁜 방향으로 갉아먹는 사람들을 의미합니다.

손절해야 할 부류는 정말 많지만, 그중에서도 크게 2가지로 나눠보면 아래와 같습니다.

첫 번째 유형은 냉소적인 사람입니다.

겉으로는 별거 아닌 것처럼 보일 수 있지만, 이들은 타인의 자존감을 무너뜨리는 위험한 부류입니다. 냉소적이라는 것은 쌀쌀한 태도로 남을 업신여기며 비웃는 태도를 의미합니다. 부정적인 사람과 비슷하게 느껴질 수 있지만, 근본적으로 다른 성격입니다. 부정적인 사람은 매사에 걱정이 많고, 최악의 상황을 대비하려는 성향이 있습니다. 이들은 현실적인 조언을 통해 우리가 놓칠 수 있는 부분을 짚어주기도 하죠.

제가 30대 중반이라는 늦은 나이에 목수가 되겠다고 결심했을 때, 부정적인 성향을 가진 친구가 이렇게 말한 적이 있습니다.

"현규야, 지금 너무 늦은 나이인데 괜찮겠어? 목수들은 보통 20대 초반부터 시작했을 텐데, 경쟁력이 있을까? 그냥 하던 일을 계속하는 게 더 안정적이지 않을까?"

이런 말은 부정적으로 들릴 수 있지만, 한편으로는 현실적인 면을 짚어주려는 조언이었습니다. 나쁜 의도라기보다는 내 선택을 더 객관적으로 바라볼 수 있게 도와주는 친구였죠.

반면, 냉소적인 사람은 다릅니다. 같은 상황에서 이런 식으로 말합니다.

"참나, 네가 목수를 한다고? 지금 그 나이에? 그게 될 것 같아? 너 안 돼. 절대로 하지 마."

냉소적인 사람의 문제는 단순히 부정적이라는 점이 아닙니다. 이들은 자신을 제한된 울타리에 가두고 스스로의 발전 가능성을 부정하는 동시에, 다른 사람의 가능성까지 깎아내리고 무너뜨리려는 태도를 보입니다.

제가 목수 일을 시작한 지 2년이 되었을 때도 여전히 자리를 잡지 못하고 수입이 적었을 때, 그런 상황에서 또다시 냉소적인 친구가 와서 이런 말을 했습니다.

"봐라, 내가 뭐라고 했냐? 나이가 많아서 힘들 거라고 했지? 지금이라도 늦지 않았으니까, 네가 예전에 하던 일이나 다시 해."

이처럼 상대방의 노력을 비웃는 것에서 쾌감을 느끼는 부류가 있습니다. 왜냐하면 그들은 스스로 노력해 본 경험이 없기 때문입니다.

새로운 도전에 대한 두려움, 그리고 그것을 시도할 열정이나 에너지가 부족한 이들은 타인이 새로운 일을 시작하거나 노력하는 모습을 보면 내심 그 일이 잘되지 않기를 바랍니다. 심지어 상대가 성공하더라도 그 사실을 인정하기는커녕 "운이 좋아서 그런 거다," "얼마 못 간다"라며 깎아내리려 합니다. 제가 목수 일에서 성공하고 돈을 잘 벌기 시작했을 때, 그 친구는 뒤에서 제 성공을 비난하고 욕을 하고 다녔다고 합니다.

저는 이미 그 친구와는 관계를 끊었지만, 주변을 통해 들은 이야기들은 여전히 불쾌했습니다. 유튜브를 시작한다고 했을 때도, "40대 아저씨가 유튜브를 해서 뭐 하냐"라며 비아냥거렸다고 하더군요. 만약 이런 유형의 사람이 주변에 있다면, 그들을 증오하거나 미워하지 말고, "참 불쌍한 사람이다"라는 생각으로 거리를 두시길 바랍니다.

이들은 여러분의 삶에 전혀 도움이 되지 않을 뿐만 아니라, 정신적으로 에너지를 갉아먹는 존재입니다. 가까이할수록 여러분의 자신감과 긍정적인 에너지를 소모하게 될 뿐이니, 가능한 한 빨리 관계를 정리하길 권합니다.

여러분의 소중한 시간과 에너지는 더 나은 방향으로 사용해야 합니다.

두 번째 유형은 잘못을 하고도 사과하지 않는 사람들입니다.

이들은 회피형 인간의 대표적인 예라고도 할 수 있습니다. 이런 유형의 사람들은 자신이 저지른 실수에 대해 인정하거나 사과하는 것을 꺼립니다. 별일 아닌 것처럼 보일 수 있지만, 이런 행동은 친구 관계에서 큰 갈등을 일으킬 수 있습니다.

예를 들어볼게요. 토요일 저녁 7시에 강남역에서 만나기로 약속을 잡았습니다. 강남역까지는 지하철로 1시간 거리라 오후 4시부터 준비를 시작해 6시에 출발하려고 계획을 세웠죠. 그런데 강남역으로 가는 도중, 갑자기 "야, 몸이 아파서 오늘 못 갈 것 같아. 다음에 보자."라는 카톡이 옵니다.

이 상황에서 약속이 깨지는 것 자체보다 더 큰 문제는 나의 소중한 토요일 하루를 허투루 날려버린다는 점이죠.

만약 몸이 피곤하거나 컨디션이 좋지 않아서 약속을 못 지킬 것 같다면, 적어도 몇 시간 전에 미리 연락해서 사과를 해야 합니다. 전화를 걸어 진심으로 미안함을 전하고, 다음에 만날 때 작은 보상을 한다면 큰 문제 없이 관계를 유지할 수 있겠죠.

하지만 이런 사람들은 사과를 하지 않습니다. 크고 작은 문제가 생겼을 때조차 입을 꾹 다물고, 침묵으로 상황을 모면하려고 합니다. 그래서 화가 난 내가 그 문제를 언급하거나 따지면 어떻게 될까요? 대부분 이런 사람들은 자신의 잘못을 인정하지 않고, 오히려 화를 내며 상황을 역전시킵니다.

"몸이 아파서 못 갔다는데 왜 그렇게 화를 내? 너는 친구가 몸 아프다는데 걱정도 안 해주고, 그게 할 소리야?"

이렇게 자신을 정당화하고, 심지어 상대방을 비난하며 가스라이팅까지 시도합니다.

실제로 20대 초반에 제가 이런 친구를 손절한 경험이 있습니다. 그 당시 제가 친구 두 명과 또 다른 친구 한 명, 이렇게 넷이서 바닷가로 여행을 가기로 했습니다. 먼저 친구 두 명을 태우고, 마지막으로 그 친구를 집 앞에서 픽업한 후 대천으로 출발할 예정이었죠. 그런데 가는 도중에 그 친구에게서 전화가 왔습니다.

"야, 생각해보니까 너 친구들, 내가 모르는 애들인데 좀 불편해질 거 같아. 그러니까 그냥 나 안 갈래."

정말 황당했죠. 다 같이 아는 사이도 아닌데, 제 친구들과 함께하기로 한 여행이었고, 출발하기 직전에 일방적으로 안 간다고 통보를 해버리니 어이가 없더라고요.

물론 우리 셋만 가면 되긴 했습니다. 하지만 문제는 당시 20대 초반이라 다들 돈이 넉넉하지 않았습니다. 4명이서 숙소비, 기름값, 식비를 n분의 1로 나눠 부담하기로 했는데, 그 친구가 갑자기 빠지면서 모든 계획이 꼬여버린 거죠. 여행 자체도 불편해졌고, 저는 제 친구들 앞에서 어떻게 보면 체면까지 구긴 셈이었습니다.

너무 화가 나서 여행을 마치고 돌아온 뒤 그 친구의 집 앞으로 찾아갔습니다. 이야기 좀 하자고 했더니, 끝까지 사과를 하지 않더군요. "여행 잘 다녀왔으면 된 거지, 뭘 또 이제 와서 따지냐?"라는 식으로 회피하려는 태도를 보였습니다. 이런 사람은 사소한 문제에서도 이러는데, 더 큰 문제가 생겼을 때는 어떻게 나올지 뻔합니다.

따라서 잘못을 인정하지 않고 사과조차 하지 않는 회피형 인간은 당장 손절하는 것이 답입니다.

냉소적인 부류와 회피형 인간, 이 두 유형의 공통점은 나를 소중하게 여기지 않는다는 점입니다. 이런 사람들과의 관계는 결국 나의 자존감과 정신건강을 해칠 뿐입니다. 스스로를 존중하고 지키기 위해서라도, 이런 부류와는 거리를 두어야 합니다.

얼마나 오래된 친구인지, 얼마나 친한 친구인지 그런 건 중요하지 않습니다. 진짜 중요한 건 얼마나 서로를 진심으로 생각하고 배려하며 아끼는지입니다. 이게 몇 배, 아니 몇백 배 더 중요하죠.

따라서 여러분의 내면을 다치게 하고, 정신적으로 아프게 만드는 친구가 있다면 과감하게 손절하세요!

오프라 윈프리가 이런 말을 한 적이 있습니다.

"여러분의 가치를 높여주고 존중하는 사람만 가까이 하세요."

이 말처럼, 여러분을 진심으로 존중해주는 소수의 친구들과 오랜 관계를 유지하며 건강한 인간관계를 이어가셨으면 좋겠습니다.

친구 사이에 보이지 않는 위계 질서, 무례한 친구 상대하는 법

친구와의 관계는 일반적인 인간관계와는 또 다른 차원의 관계입니다. 직장 동료나 가족처럼 선택할 수 없는 관계와 달리, 친구는 내가 선택할 수 있는 존재이기 때문입니다. 따라서 다른 인간관계에 비해 훨씬 더 능동적으로 대처할 수 있습니다.

여러분이 보기에는 모든 친구가 겉으로는 동등해 보일지 모르지만, 사실 그렇지 않습니다. 보이지 않는 서열이라는 것이 분명히 존재합니다. 특히 남학교를 나온 분들이라면 공감하실 텐데요.

친구 관계가 평등한 우정만으로 유지된다면 정말 이상적이겠지만, 불행히도 친구들 사이에서도 힘의 균형이라는 것이 존재합니다. 그리고 이 균형이 무너지는 순간, 순식간에 서열이 나뉘게 됩니다.

예를 들어, 나오기 싫은 술자리를 거절했더니 "까불지 말고 빨리 나오라"고 협박을 하거나, 옷차림이 마음에 들지 않는다며 대놓고 지적을 하거나, 물건을 빌려 가놓고 돌려주지 않거나, 돈을 빌려 갚지 않는 상황 등이 있습니다. 이런 일들은 굳이 설명하지 않아도, 누구나 한 번쯤 겪어보거나 주변에서 본 적이 있을 겁니다.

친구 사이에서 관계가 한쪽으로 기울어진 상태가 지속된다는 것은, 그 균형에서 밀린 친구가 관계를 유지하기 위해 계속 매달리는 상황을 의미합니다. **그리고 관계가 이렇게 기울어진 상태에서도 매달리게 되면, 상대방은 그 친구를 함부로 대할 수 있는 약자로 인식하게 됩니다.**

그 결과, 상대방은 평소와는 다른 악랄한 모습까지도 보이게 됩니다. 이는 인간의 본능적인 속성 중 하나로, 약자를 조롱하고 하대하며 누르려는 행동에서 비롯됩니다.

이렇게 한쪽이 기울어진 관계에서 매달리기 시작하면, 사실상 그 우정의 유통기한은 끝났다고 볼 수도 있습니다. 이 상황에서 매달리는 친구의 입장이라면 세 가지 선택지가 있습니다.

첫 번째는, 그 친구와의 관계를 단번에 끊어버리는 것입니다.

두 번째는, 즉각적으로 반응해서 관계를 바로잡으려는 행동입니다.

세 번째는, 천천히 경계선을 만들어가면서 서서히 관계를 회복하려는 방법입니다.

만약 그 친구와의 관계가 크게 아쉽지 않다면 첫 번째 방법을 선택할 수도 있겠죠. 하지만 그 관계를 회복하고, 상대방이 다시는 나를 함부로 대하지 않게 하길 바란다면, 두 번째나 세 번째 방법을 고려할 필요가 있습니다.

여러분의 친구들 역시 친구라는 이름 아래 다양한 성격과 성향을 가진 사람들로 이루어져 있습니다. 정말 착한 심성을 가진 친구라면, 여러분이 관계에서 저자세를 보이거나 매달리는 행동을 했을 때, 오히려 그러지 말라고 다독이며 여러분을 세워주고 동등한 위치로 끌어올려 주려고 할 겁니다.

예를 들어, 여러분은 인천에 살고 친구는 잠실에 산다고 가정해 봅시다. 보통은 중간지점에서 만나자는 식으로 합의가 이루어질 텐데, 관계가 기울어진 상태에서는 한쪽이 무리해서 상대방의 집 근처로 가려는 경우가 생기곤 합니다. 여러분이 힘들더라도 어떻게든 친구의 집 가까이 가거나 직접 잠실까지 가려는 행동을 보인다면, 이는 그 친구에게 아쉬운 점이 있어서 그렇게 하는 것이겠죠.

하지만 정말 선한 친구라면 이런 상황 자체를 불편해하며, 동등한 관계를 회복하려는 행동을 합니다. 예를 들어, "다음에는 내가 인천으로 갈게"라며 고마움을 표현하거나, 멀리까지 온 친구에게 저녁을 사는 등 배려심 있는 모습을 보이는 경우가 많습니다. 이런 친구는 여러분의 저자세가 불편하고 옳지 않다고 느끼기 때문에 자연스럽게 동등한 관계를 유지하려 노력합니다.

문제는 이런 착한 심성을 가진 친구가 드물다는 것입니다. 제 경험상, 약 10% 미만의 사람들이 이러한 배려심을 보이는 것 같습니다. 나머지 90%는 상대방이 저자세를 보이면 이를 당연시하며 고마워하지도 않고, 심지어 더 자기 아래로 두려는 태도를 보이곤 합니다.

이런 경우, 선한 친구가 아니라 못된 본성을 가진 친구라면, "너가 여기까지 와야지"라든가, "멀리까지 왔으면 밥을 사야지" 같은 무례한 행동을 할 가능성이 큽니다. 이런 친구에게는 두 번째 방법인 즉각적인 반응이 필요합니다.

예를 들어, 단호하게 "왜 내가 너를 보러 잠실까지 가야 하지? 너가 인천으로 와야지"라고 정색하거나, "보자보자 하니까 날 네 부하로 아는 거냐?"며 강하게 대응하는 것입니다. 이렇게 직접적으로 반응하는 이유는 관계를 바로잡으려는 목적도 있지만, 이 친구가 앞으로도 관계를 이어갈 가치가 있는 사람인지 판단하는 데 도움이 됩니다.

못된 본성을 드러내는 친구는 강약약강의 성향을 가진 경우가 많습니다. 이런 사람들에게는 강한 태도를 보여주는 것이 가장 효과적입니다. 목소리를 높이거나 단호한 태도를 보이며, 크든 작든 스트레스를 주어야 상대방이 여러분의 강한 면모를 인정하고 더 이상 만만히 보지 않게 됩니다.

대부분은 이런 강한 대응에 움찔해 태도를 고치게 됩니다. 처음에는 관계가 동등했더라도 무슨 이유에서든 한쪽으로 기울어진 상황에서는, 더 강하게 반응해야 상대방이 제정신을 차리고 관계의 균형을 되찾을 수 있습니다.

만약 강하게 즉각적으로 맞받아치는 행동을 보였을 때 친구의 반응은 크게 두 가지로 나뉠 것입니다.

첫 번째는 화가 나서 관계를 끊어버리는 경우입니다.

이런 경우라면 여러분도 깔끔하게 관계를 정리하시길 권합니다. 이런 상황에서 미련을 두는 것은 시간과 감정의 낭비입니다. 상대방이 여러분의 강한 태도에 화가 나 관계를 끊는다는 것은, 그 친구가 애초에 여러분을 동등한 친구로 생각한 것이 아니라, 자신이 우위에 있는 관계로 여기고 있었음을 의미합니다. 한마디로, 여러분을 친구가 아닌 자신의 말을 잘 듣는 부하 혹은 호구로 본 것이죠.

이런 친구에게 아쉬움을 느끼고 다시 매달린다면, 오히려 상대의 잘못된 행동을 더 부추기는 결과를 낳을 뿐입니다. 여러분의 강경한 태도에 상대방이, 관계를 한 번에 끊는 태도를 보였다면 그 사람은 거기까지인 겁니다.

"좋게 좋게 내 인생에서 쓸데없는 인연을 걸러냈다"라고 생각하시고, 나를 진심으로 아끼고 존중하는 좋은 친구들에게 집중하세요.

두 번째는 정신을 차리고 다시 잘해주는 경우입니다.

반대로, 상대방이 여러분의 강한 대응에 정신을 차리고, 자신의 행동을 돌아본다면 이야기가 달라집니다. 이 경우, 상대방은 그동안 여러분의 약한 모습을 보고 잠시 잘못된 태도를 보였지만, 진정으로 여러분을 친구로 생각하고 있었다는 증거입니다. "내가 잘못했구나"라는 깨달음과 함께 미안한 마음으로 더 나은 태도를 보이려는 노력을 한다면, 그 관계는 여전히 가치 있는 것입니다.

이처럼 친구 관계는 시소를 타는 것과 비슷합니다. 한쪽이 무조건 져주는 관계는 오래가지 못합니다. 배려하는 사람도, 배려받는 사람도 결국 지치게 마련이죠. 건강한 친구 관계란, 서로 힘의 균형을 맞추며, 때로는 배려하고 때로는 자신을 지키는 행동을 통해 유지되는 것입니다.

여러분이 언제나 착하고 배려심 있게 행동하면서 눈치를 보며 관계를 이어가는 것은, 진정한 친구 관계가 아닙니다. 서로가 힘을 조절하며 배려하고 존중하는 관계야말로 건강한 친구 관계라는 점, 꼭 기억하셨으면 좋겠습니다.

여러분이 스스로를 낮추고 움츠리며 두려움에 사로잡혀 있다면, 상대방은 점점 더 강한 태도로 나올 것이고, 결국 여러분은 공격을 받는 입장에 놓이게 됩니다. 불행히도, 이런 현상은 인간의 본성 중 하나입니다.

사실, 이런 상황은 정말 단순한 구도에서 비롯되지만, 이 간단한 원리를 알지 못해서 당하는 경우가 많습니다. 제가 강조하고 싶은 것은, 모든 인간관계에서 여러분이 식당에서 메뉴를 고르듯이 스스로 그 관계의 방식을 선택하고 결정할 수 있다는 사실입니다.

그래서 제가 항상 마음속에 품어야 한다고 말했던 자세가 있죠? 바로, 나 또한 언제든지 나쁜 사람이 될 수 있다는 마음가짐입니다. 이 자세를 가지는 것이 얼마나 중요한지 잊지 마세요. 이 생각을 항상 기억하며, 스스로를 지킬 수 있는 태도를 갖추시길 바랍니다.

친구와의 관계는 이 한마디만 기억하시면 돼요.

구이경지(久而敬之) '오랜 시간이 지나도 공경하는 마음을 잃지 마라' 친구와 허물없이 지내는 것과, 함부로 막 대하는건 엄연히 다릅니다. 함께한 세월이 오래 될수록 더더욱 예의를 갖추려고 노력하세요. 그렇게 노력한다면, 여러분의 주변에는 향기나는 사람들만 남을 것입니다.

"지금까지 잘 읽었습니다.
첫 장부터 지금까지 이렇게 하나하나 보면
정말 간단하고 어렵지 않은 방법이네요.
근데 과연 이게 효과가 있을까요?"

이런 변화를 꾸준히 실천하다 보면, 여러분도 모르는 사이에 상대방보다 심리적으로 우위에 서 있는 자신을 발견하게 될 겁니다. 매일 조금씩 근육을 키우는 과정처럼, 하루하루는 별다른 변화가 없어 보이지만, 시간이 지나면 놀라운 결과를 만들어내는 것과 같습니다.

지금까지의 내용을 기억하고 꾸준히 실천한다면, 여러분은 어느새 훨씬 더 주체적인 사람으로 변해 있을 겁니다. 과거에 모든 주도권이 상대방에게 있었다면, 이제는 그 주도권을 되찾아오시길 바랍니다. 그렇게 되면 자연스럽게 상대방은 여러분을 다른 방식으로 대하게 될 것입니다.

저 역시 중학교 2학년 때까지는 부모님께 모든 주도권을 내어드린 채 살았습니다. "이거 하지 마라, 저거 해라"라는 말씀에 따랐고, 항상 허락을 받으며 움직였죠. 하지만 중학교 3학년이 되면서 저는 관계의 방식에 변화를 주기 시작했습니다. 교복 바지를 마음대로 줄이고, 머리도 헤어젤과 무스를 바르기 시작했고, 귀를 뚫었으며 부모님께 허락받지 않고 댄싱팀에 들어가 춤을 추기 시작했습니다. 물론 처음에는 크게 혼나기도 했지만, 계속 일관되게 제가 선택한 방식대로 행동하자 부모님께서도 제 의견을 존중하기 시작했습니다. 그 변화는 싸워서 이긴 결과가 아니었습니다. 단지 제가 일관된 태도로 관계의 방식을 주도했기 때문입니다.

상대방을 억지로 이기려 하거나 싸우려 들 필요는 없습니다. 나 또한 '나쁜 면'을 가질 수 있다는 것을 인식하고, 꾸준히 관계를 역전시키겠다는 마음으로 행동하면 됩니다. 이렇게 하면 여러분은 점점 무례하게 대하기 어려운 사람으로 바뀔 것이고 그 결과, 상대방의 태도 또한 자연스레 변하게 될 것입니다.

누구를 만나든 적절한 거리감을 유지하고, 필요 이상으로 얽히지 않되 적대적이지도 않은 평화로운 관계를 선택하세요.
이런 자세를 유지한다면, 여러분은 그 어떤 인간관계에서도 존
중받으며 살아갈 수 있을 것입니다.

이제 정말 끝이 보이네요.
여러분, 여기까지 오신 것을 축하드립니다

에필로그
<제일 중요한 건,
내가 나 자신을 대하는 태도입니다>

지금까지는 주변을 둘러싼 인간관계에 대해 이야기해왔습니다. 이번 마지막 장에서는 시선을 돌려, 나와의 관계를 되짚어보며 마무리하고자 합니다. 많은 사람들이 주변 인간관계에는 예민하게 신경 쓰면서도, 정작 자신을 대하는 태도나 자신과의 관계에 대해서는 소홀히 하는 경우가 많습니다. 하지만 가장 중요한 관계는 바로 나와의 관계입니다.

마지막으로 여러분에게 드리고 싶은 이야기는, 지금까지 다뤘던 모든 내용이 결국 자신을 지키기 위한 방법이라는 것입니다. 여러분은 선한 심성을 가진 사람들로, 갈등을 원하지 않고, 타인과 조화를 이루며 살고 싶어 하는 분들입니다.

하지만 그런 마음을 이용하려는 사람들을 만나 상처받고, 때로는 자신을 나쁜 사람으로 설정하면서까지 스스로를 보호해야 했던 경험이 있었을 것입니다.

이제는 그 모든 방법을 실천하며 자연스럽게 스스로를 지킬 수 있는 사람으로 변화하길 바랍니다. 하지만 여기서 더 나아가야 합니다. 이제 여러분은 스스로에게 이렇게 질문해 보세요.

"나는 앞으로 어떤 인생을 살고 싶은가?"

저는 이 질문에 대해 생각할 때 늘 떠오르는 문구가 있습니다.

"단독자로서의 문을 두드릴 것."

이 문장은 일본의 교육학자 사이토 다카시가 한 말입니다. 이는 누군가의 영향에서 벗어나, 타인에게 의존하는 습관을 버리고, 하나의 독립된 인간으로서 살아가겠다는 결심을 뜻합니다.

살면서 누군가에게 표적이 되어 공격당했던 사람들에게는 한 가지 공통점이 있습니다. 바로 특정한 장소, 그룹, 혹은 사람에게 지나치게 의존하려는 경향이 있다는 점입니다.

의존은 나를 약하게 만듭니다. 특정 대상에 대한 지나친 의존은 타인의 공격이나 지배적인 행동에서 벗어나기 어렵게 만듭니다. 아무리 열심히 노력하고 해결책을 찾아 관계를 역전하려 해도, 의존적인 마음이 조금이라도 남아 있다면, 상대방은 이를 틀림없이 알아채고 그 틈을 비집고 들어와 다시 여러분을 지배하려 들 것입니다.

예를 들어, 직장 상사가 끊임없이 괴롭히고 무례한 행동을 반복하는 상황에서, 그 직장을 잃고 싶지 않다는 마음 때문에, 혹은 상사의 비위를 맞추지 않으면 불이익을 당할까 두려워 계속 참아가며 스스로를 세뇌하는 경우가 있습니다.

"직장인은 어쩔 수 없다."

"이 회사를 계속 다니려면 참아야 한다."

이런 생각들이 여러분을 억누르고 있는 거죠.

연인 관계에서도 마찬가지입니다.

남자친구의 집착, 폭력성, 괴롭힘으로 인해 고통받으면서도,

"나에게는 이 사람밖에 없다."

"이 사람 없이는 살기 힘들다."

라는 이유로 자신을 억누르고 관계를 계속 이어가는 모습이 있습니다. 이렇게 의존성이 남아 있는 한, 계속해서 비참한 상황에 머물 수밖에 없습니다. 여기서 벗어나려면, 단독자로서의 문을 두드리고 살아갈 마음의 준비를 단단히 해야 합니다.

복싱을 배워본다든지, 아침마다 달리기를 한다든지, 헬스클럽에 다닌다든지, 기타를 배운다든지, 어떤 것이든 좋습니다. 여러분이 흥미를 느끼는 강력한 취미를 하나 찾는 것만으로도 삶에 큰 변화를 가져올 수 있습니다.

예를 들어, 복싱을 배우기 시작했다면 아마추어 대회 출전을 목표로 삼아본다든지, 달리기를 시작했다면 하프마라톤 대회 참가를 목표로 해보세요. 이렇게 구체적인 목표를 세우고 매진하게 되면, 자연스럽게 독립적인 삶의 태도를 형성할 수 있을 것입니다.

저 역시 헬스클럽에 다니며 본격적으로 몸을 키우기 시작했습니다. 이후에는 피트니스 대회 출전을 목표로 운동에 전념했

어요. 그런 과정을 통해 주변에서 발생하는 어떤 유형의 공격이나 부정적인 영향력도 더 이상 신경 쓰지 않게 되었죠.

예전 같았으면 직장 상사의 영향력에 눌려 스트레스를 받았겠지만, 어느 순간 깨달았습니다.

"이 사람은 나보다 단지 회사에 빨리 들어왔고 직급만 다를 뿐이다. 이 사람이나 나나 결국 똑같은 월급을 받는 같은 고용인일 뿐이다."

이렇게 생각하니, 상사라는 존재를 지배적인 존재가 아닌, 같은 회사의 이익을 위해 각자의 역할을 수행하는 동등한 개인으로 바라보게 되었습니다. 이 인식의 변화는 직장뿐 아니라, 그 이후 제가 무엇을 하든 똑같이 적용되었습니다. 이 모든 것의 기반은 바로 '단독자'라는 의식에서 비롯된 것입니다.

혹시 여러분 마음속 어딘가에
"나는 그 사람이 없으면 안 된다."
"나는 이 회사가 아니면 안 된다."
"나는 저 친구가 없으면 안 된다."
라는 무의식이 자리 잡고 있지는 않나요?
누군가에게 의존하지 않는다는 것은 어떤 의미일까요?
그것은 "그 사람이 있으면 좋고, 없으면 말고."
같은 여유롭고 독립적인 마음을 갖는 것입니다.

제가 23살에 한 큰 호프집에서 총 매니저로 일했던 때의 이야기를 예로 들어볼게요.

그전까지는 늘 지시만 받으며 일을 했었지만, 처음으로 누군가에게 지시를 내리는 위치에 서게 된 경험이었죠. 당시에는 알바생이 7명 있었고, 저는 모든 상황에서 대화를 통해 해결하려 하고, 무엇이든 의논하며 함께 일하는 매니저가 되려고 노력했습니다.

저는 이렇게 제 자신을 낮추고 상대를 존중하며 대하는 태도가 좋은 리더십이라 믿었고, 알바생들도 그런 저의 모습에 감동을 받아 잘 따라줄 거라 생각했습니다.

하지만 이것은 저의 큰 착각이었습니다. 저의 가장 큰 실수는 모든 사람들이 저와 같은 생각과 가치를 공유할 것이라고 믿었던 것이죠. 알바생들 중 두 명은 제 태도를 긍정적으로 받아들이고 저를 잘 따랐지만, 나머지 네 명은 시간이 지나면서 본색을 드러내고 공격적인 태도를 보이기 시작했습니다. 제가 보여준 존중과 배려의 태도가 그들에게는 틈으로 비춰졌던 거죠.

이렇게 상황이 흐르자, 저는 다시 전략을 바꾸기로 했습니다. 대화를 나누고 배려하던 태도를 접고, 매니저로서의 권위를 앞세우기 시작했어요. 알바생들의 의견을 묻지 않고 FM대로, 규칙에 따라 일을 지시했으며, 약간은 권위적인 태도를 취했습니다. 한마디로, 매니저라는 역할에 충실하며 단독자로서의 기준에 맞춰 행동하기 시작한 겁니다.

놀랍게도, 며칠 만에 그 공격적이던 알바생들은 태도를 바꿔 제 눈치를 보기 시작했고, 제 비위를 맞추려는 모습을 보였습니다. 이 경험은 제가 인간관계에 대해 깊이 생각하게 된 계기가 되었습니다.

또 하나 재미있는 이야기를 들려드릴게요.

제가 과거에 한 대기업 프랜차이즈 마트의 점주로 4년 정도 일했을 때의 일입니다. 나중에는 결국 점포를 정리하기로 마음먹고, 새로운 점주를 구하던 중이었어요.

그동안 본사 임원들은, 점포를 방문할 때마다 항상 무례하고 신경질적인 말투로 점주들을 대했습니다. 반말과 존댓말의 중간에서 오만한 태도를 보이며, 점주들에게 불합리한 요구를 하곤 했죠. 점주의 입장에서는 그들의 눈밖에 나면 좋을 게 없고, 불이익을 당할 수도 있으니 속으로는 불쾌함을 느끼면서도 겉으로는 웃으며 비위를 맞출 수밖에 없었습니다.

그런데 점포를 정리하기로 결심하고 나니, 더 이상 그들에게 잘 보일 필요도, 눈치를 볼 이유도 없어졌습니다. 계약 종료가 가까워질수록, 이전처럼 비굴하게 굴지 않고 평소 제 성격대로 임원들에게 대응하기 시작했어요. 그들이 예의에 어긋난 말을 하거나 억지를 부릴 때면 당당히 이렇게 말했습니다.

"아무리 그래도 말씀을 그렇게 하시는 건 좀 아니지 않나요?"

"지금 상황이 이런데 그런 식으로 억지를 부리시면 안 되죠."

"직원이 몇 명이나 된다고 그런 매출을 강요하십니까? 제가 신이라도 됩니까? 말이 되는 소리를 하셔야죠."

점주로서 임원들에게 의존하거나 기대는 태도가 아니라, 단독자로서 당당히 할 말을 하며 제 의견을 똑바로 전달했습니다. 눈을 피하지 않고 똑바로 마주 보며 목소리를 높였더니, 놀랍게도 그들의 태도가 완전히 달라졌습니다. 다음에 점포를 방문할 때는 이전의 거만하고 오만한 모습은 온데간데없이, 오히려 예의 바르게 저의 눈치를 보며 말을 조심스럽게 건네는 모습을 보였습니다.

그들의 태도 변화를 보며 이런 생각이 들었죠.

"진작에 이렇게 당당히 대응했더라면 좋았을걸."

이 경험을 통해 저는 단독자로서 당당히 자신의 위치를 지키는 것이 얼마나 중요한지를 다시금 깨닫게 되었습니다. 상대방이 여러분을 무례하게 대하는 태도는 종종 여러분의 태도에서 기인하기도 합니다. 여러분이 스스로 당당하게 서서 자신의 가치를 보여준다면, 상대방도 그에 맞게 태도를 바꾸게 될 것입니다.

"그렇게 당당하게 행동하면 사람들이 나를
건방지게 보거나, 나쁜 인상을 갖지 않을까요?"

사람들은 본능적으로 당당한 사람에게 끌리게 마련입니다.
물론 여기서 당당함과 건방짐은 명확히 구분해야 합니다. 당당
함은 건방지게 행동하라는 것이 아닙니다.

말을 할 때 우물쭈물하거나 웅얼웅얼 대지 않고, 힘 있고 명
확하게 이야기하는 태도를 말합니다. 자신이 옳다고 믿는 생각
을 분명하게 표현하고, 말을 할 때도 눈을 마주치며 괜히 움츠
러들지 않는 모습이 바로 당당함입니다.

이런 당당한 행동은 상대방으로 하여금 나의 존재감을 느끼게 합니다. 존재감을 느끼면 자연스럽게 그 사람을 존중하게 되고, 더 나아가 함부로 대하면 안 되는 사람이라는 인식을 가지게 됩니다. 사람들은 이런 사람과 함께 일하고 싶어합니다.

하지만 반대로, 비굴한 사람에게는 본능적으로 그 사람을 막 대하고 싶어지는 심리가 상대방에게 생깁니다. 설령 그 사람이 맞는 이야기를 하더라도 우습게 느껴지고, 묵살하고 싶어집니다. 아무리 착한 사람이라도 비굴하다면 주변 사람들은 그와 가까이하고 싶어 하지 않으며, 함께 일하거나 교류하려는 마음도 들지 않습니다.

결론적으로, 당당함은 최고의 매력이자 강력한 무기입니다. 여러분의 말과 행동에서 당당함을 보여주는 것만으로도 상대방은 자연스럽게 여러분을 존중하고, 더 나아가 여러분과 함께하고 싶어질 것입니다.

이 점을 잊지 마시길 바랍니다.

다른 예를 들어보겠습니다. 만약 폭력적이고 권위적인 아버지가 있다고 가정해 봅시다.

그 아버지는 자신의 손아귀에 있던 아들이, 과거에는 맞으면 맞는 대로, 욕을 들으면 듣는 대로 조용히 비굴하게 견뎌왔기 때문에 자신에게 종속되어 있다고 생각했을 겁니다.

그런데 그 아들이 어느 날부터인가 더 이상 무서워하거나 숨지 않고, 당당하게 눈을 마주치며 할 말을 다 하기 시작합니다.

예를 들면 이렇게 말합니다:

"내 몸에 손대지 마십시오."

"앞으로 욕하지 마세요."

이렇게 맞선다면, 아버지 입장에서는 큰 충격을 받게 됩니다. 그동안 자신의 지배 아래 있다고 생각했던 아들이 자신의 손아귀에서 벗어나려 하니 불안과 두려움을 느끼게 됩니다.

이런 상황에서는 아버지가 더 큰 소리를 내며 분노하거나, 심지어 협박을 하며 반응할 수도 있습니다.

"너 정말 미쳤구나."

"내가 없으면 너는 살 수 없을 거야!"

혹은 물건을 던지거나, 욕설을 퍼붓거나, 심지어 아들을 모함하는 등 극단적인 행동을 할 수도 있습니다. 하지만 이 모든 행동의 근본적인 이유는 하나입니다.

"자신의 영향력과 지배력이 상실될까 두려워서" 그런 반응을 보이는 것입니다.

이 상황에서 중요한 점은, 아들이 그 모든 협박과 방해에도 불구하고 단독자로서 당당하게 나아가는 태도를 유지하는 것입니다.

아버지의 분노와 협박을 신경 쓰지 않고,

"당신이 존재하든 말든 상관없다."

"나는 나의 길을 가겠다."

라는 태도로 일관한다면, 결국 아버지의 공격도 무력해질 것입니다.

만약, 춤을 배우고 싶은데 부모님이 극렬히 반대한다고 생각해봅시다. 이럴 때는 그 반대에 주눅 들거나 설득하려고 에너지를 낭비하지 마세요. 그냥 알바해서 번 돈으로 몰래 댄스 학원에 등록해버리면 됩니다.

이런 행동의 핵심 목적은 간섭과 지배에서 벗어나, 자신의 인생을 스스로 주체적으로 살아가기 위한 것입니다. 눈치 보지 말고, 주저하지 말고, 하고 싶은 일을 그냥 해버리세요. 그게 바로 단독자로서 살아가는 첫걸음입니다.

"안녕하세요. 아이 둘을 키우고 있는 주부입니다.
늦은 나이에 피아노를 너무나 배워보고 싶어서
남편에게 부탁했더니
여편네가 무슨 피아노를 쓸데없이 배우냐면서
항상 저를 무시하고 그럽니다.

이대로 저는 새로운 것을 배우는 걸
포기해야 하는 걸까요?"

실제로 제 수강생 고민 단톡방에 올라왔던 사연입니다. 한 주부님이 남편에게 무시당하고 깔아뭉개지는 상황에서 고민을 털어놓으셨습니다. 저는 그분께 "남편에게 묻거나 허락받지 말고, 그냥 피아노 학원에 등록해서 배우세요"라고 조언했습니다. 다만, 집안일을 소홀히 하지 않는 선에서 하라고 덧붙였죠.

그분은 걱정스럽게 물으셨습니다.

"정말 그렇게 해도 괜찮을까요? 남편 성격이 보통이 아니라서요…"

저는 걱정하지 말고 그냥 해보라고 용기를 드렸습니다.

약 3개월 후, 그분에게 감사의 글이 도착했습니다. 처음 학원에 등록했을 때 남편이 큰 소리로 화를 내고 소란을 피웠지만, 주부님은 아랑곳하지 않고 자신의 할 일을 다 하면서, 자신이 번 돈으로 학원에 다녔다고 합니다. 놀랍게도 그 이후로 남편이 짜증을 내거나 하대하는 일이 거의 사라졌고, 오히려 그녀의 눈치를 보기 시작했다고 했습니다.

그 주부님은 피아노를 배우게 된 것만으로도 기뻤지만, 그보다 더 큰 기쁨은 무서웠던 남편의 강압에서 벗어나 당당하게 자신의 권리를 주장할 수 있게 된 자신을 발견한 것이었다고 했습니다.

이런 변화는 생각보다 흔합니다. 이처럼, 단독자로서 행동하고 의존하지 않으며, 자신의 의지대로 삶을 실천하기 시작하면, 상대에게 굳이 설명하거나 설득하지 않아도 삶이 놀라울 정도로 변화합니다. 상대가 더는 여러분을 지배하지 못하게 되고, 나아가 스스로도 훨씬 멋진 삶을 살 수 있게 됩니다.

이제부터는 상대에게 공격당할 두려움이나 지배당할 불안감을 버리고, 여러분 뜻대로 인생을 살아가시길 진심으로 바랍니다.

지금까지 페이지를 넘기며 이 글을 읽고, 삶에 적용하려 애쓴 모든 독자분께 진심으로 감사드립니다. 여러분의 새로운 인생의 출발을 응원합니다.

절대 누구에게도 당하지 마세요.
당하는 것이 당연한 삶은 그 누구에게도 없기에.

스스로를 귀히 여기세요.
그래야 남도, 여러분을 귀히 여깁니다.

나는 왜 항상
당하기만 하는 걸까

초판 1쇄 인쇄 | 2025년 2월 15일

지은이   감성대디(성현규)
디자인   한수민
마케팅   정호윤, 김민지
펴낸곳   모티브
ISBN   979-11-990158-6-9 (03810)
이메일   motive@billionairecorp.com

MOTIVE